国家出版基金项目
NATIONAL PUBLICATION FOUNDATION

★ 科学的天街丛书

利矛刺坚盾

丛书主编/陈 梅 陈仁政

本书编著/陈 梅

——科学悖论故事

四川科学技术出版社

图书在版编目（CIP）数据

利矛刺坚盾：科学悖论故事／陈梅编著. -- 成都：
四川科学技术出版社，2019.1（2023.1重印）
（科学的天街/陈梅 陈仁政主编）
ISBN 978－7－5364－9354－4

Ⅰ. ①利… Ⅱ. ①陈… Ⅲ. ①科学故事－作品集－中
国－当代 Ⅳ. ①I247.81

中国版本图书馆 CIP 数据核字（2019）第 018922 号

利矛刺坚盾——科学悖论故事
LIMAO CI JIANDUN——KEXUE BEILUN GUSHI

丛书主编　陈　梅　陈仁政
本书编著　陈　梅

出 品 人　程佳月
选题策划　陈敦和
责任编辑　郑　尧　肖　伊
封面设计　小月艺工坊
责任出版　欧晓春
出版发行　四川科学技术出版社
　　　　　成都市锦江区三色路238号 邮政编码：610023
　　　　　官方微博：http：//weibo. com/sckjcbs
　　　　　官方微信公众号：sckjcbs
　　　　　传真：028-86361756
成品尺寸　160mm × 240mm
印　　张　14.75 字数200 千
印　　刷　天津旭丰源印刷有限公司
版　　次　2019年4月第1版
印　　次　2023年1月第3次印刷
定　　价　48.00元
ISBN 978－7－5364－9354－4
邮购：成都市锦江区三色路238号新华之星A座25楼　邮政编码：610023
电话：028-86361770　电子信箱：sckjcbs@163. com

目　　录

天上地下，它最古老
——神秘海岛上的"宝贝"

伽罗瓦这样评论数学："（这门）科学是人的心智的工作，它注定要去探索而不是知道，去追求真理而不是发现真理。"也许真理本质上就是难以捉摸的。

德寇的"闪电战"又开始了：运输机群从 6 个机场腾空而起，与此同时，第八航空军的轰炸机、战斗机已经摧毁了 3 处希腊、英国守军的大部分防空火炮和通信网络……

这是 1941 年 5 月 20 日凌晨 3 时开始的克里特岛空降战——世界战争史上第一次师以上规模的大型空降战。战斗以守岛的希腊、英国军队共

克里特岛的地理位置

损失 2.1 万人和残部撤离而在 5 月 31 日结束。德寇在死伤 1.4 万人之后，于 6 月 2 日占领了全岛。

迷人的爱琴海海浪从东南方向拍打着神圣的雅典。在爱琴海的西南和地中海的东部交汇处，有一个面积 8 260 平方千米的神秘岛屿——克里特（crete）岛，有的翻译为克里嘉岛或革哩底岛。这个岛的文明是欧洲最古老的文明之一。

克里特岛虽然不是很大，但这里出了一个至今人们仍然津津乐道的、比克里特岛空降战更著名的人——哲学家、雄辩家巴门尼德（公元前约 515—前 445）。

巴门尼德是大名鼎鼎的埃利亚的芝诺（公元前约 490—前 430）的

老师。记载巴门尼德的文献是如此之多，以至于我们经常可以看到他的其他译名：艾比曼尼迪斯、伊璧孟德、埃普门尼德、艾皮曼尼蒂斯、埃皮明狄斯、埃比梅尼斯、帕曼尼德斯。当然，人们之所以这样"追捧"他，主要是因为他的一句影响了世界25个世纪的"谎话"！

巴门尼德

附带说明，历史上还有两个著名的芝诺：古希腊季蒂昂的哲学家、斯多亚学派的创始人芝诺（公元前约336—前264）和拜占庭的皇帝芝诺（约425—491），我们约定后面提到的芝诺，是指埃利亚的芝诺（约公元前490—前430）。

芝诺

巴门尼德说："每一个克里特岛人说的每一句话都是假话。"——我们叫它"原始命题"。

现在，假设他的这句话是真话，根据这句话的结论再加上他自己就是克里特岛上的人，就可以推出他说的这句话是假话的结论——这和假设相矛盾。

假设他的这句话是假话，又会怎么样呢？由于这句话是假话，那么根据这句话的结论再加上他自己就是克里特岛上的人，就可以推出他是说真话的人，从而得到这句话是真话的结论——这也和假设相矛盾。

概括地说，如果巴门尼德说的是真话，那么他就说了假话；如果他说的是假话，那么他就说了真话。

这就是著名的"巴门尼德悖论"——一个语义悖论，又叫"克里特岛悖论"。这个岛因此闻名遐迩，所以就得到了"说谎岛"的"雅号"，这个悖论也就跟着叫"说谎岛悖论"。它是现在已经发现的最古老的悖论，巴门尼德也当之无愧地成为"悖论鼻祖"。

后来，在古希腊著名唯心主义哲学家苏格拉底（公元前469—前399）和埃利亚学派的影响下，大名鼎鼎的欧几里得创立了"小苏格拉底学派"即"麦加拉学派"。麦加拉学派提出了3个著名的悖论，其中一个就是把"说谎岛悖论"发展为"说谎者悖论"。这个悖论是，"一个人说'我正在说谎。'"另外两个是我们后面要说的"秃头悖论"和"谷堆悖论"。这个学派中的主要代表人物有欧布利德、斯底尔波等。

上面提到的埃利亚学派，是在南意大利的埃利亚城邦形成的哲学学派，主要成员有巴门尼德的老师克色诺芬尼（公元前约6世纪）、巴门尼德、芝诺、麦里梭（公元前约5世纪）等。

"巴门尼德悖论"这个"非数学化的悖论"是如此著名，甚至古希腊著名哲学家、科学家亚里士多德（公元前384—前322）和后来的许多逻辑学家都研究过它。连《圣经·新约》也多次提到过它，《圣经·提多书》的第一章中"当斥责传异教者"一节是这样说的："革哩底人中的一个本地先知说，革哩底人都说谎话。"书中把"巴门尼德悖论"叫作"使徒书悖论"。

后来，有人把"巴门尼德悖论"进行了"经典化"——"这个命题是错误的"。如果用S来表述这个命题，那么它的"公式"就是：如果S是真的，那么所说的就是肯定的，因而S是错误的；如果S是假的，那么所说的就是否定的，因而S是正确的。

"说谎者悖论"其实反映了一种"部分中有整体"的结构，这种结构在生物中得到特别体现。例如，植物种子既是整体又是部分，"十月怀胎"中的妇女就"人体中有人体"；而生命的每一小部分都有整体的全部遗传基因——因此，才有克隆技术、DNA检测……

悖论不但有趣，而且有用。正如法国著名的布尔巴基数学学派所说："古往今来，为数众多的悖论为逻辑思想的发展提供了食粮。"芝诺的阿基里斯追龟的悖论，产生了无穷级数收敛的思想；数理逻辑中的不相容性，产生了数学的"三大流派"，最终产生了划时代的"哥德尔不完备性定理"；迈克耳孙－莫雷光速实验的似是而非的实验结果，使相对论诞生；波粒二象性的发现，使人们重新考虑确定论的因果性，而这正是科学哲学的基础，最后又导致了量子力学呱呱坠地……可见，研究悖论并非无稽之谈。

相信读者朋友看了这本书，自己也能创造出一些有趣的悖论。

"谎言"也被"发扬光大"

——形形色色的巴门尼德悖论

巴门尼德悖论传到了古希腊，使雅典的智人（sophist）学派绝妙的诡辩术（paradocus）得以发展和盛行，引出许多诡辩或悖论，成为各国长久不衰的话题。

"非数学化的悖论"的"巴门尼德悖论"，之所以能在"风风雨雨"中跨越两千多年流传至今，主要原因是它给哲学、逻辑学和数学都提出了许多问题，这让巴门尼德被后人称为哲学家、逻辑学家和数学家。

后来有人认为巴门尼德悖论不是真正严格意义上的悖论。

英国著名数学家、哲学家罗素（1872—1970）在20世纪早期就指出，虽然由它的真可以推出它的假，但由它的假却不能推出它的真。

为什么由它的假却不能推出它的真呢？因为由它的假只能推出：至少有一个克里特人说过一句真话，而不能推出完整的原始命题为真。

其实，古人早就发现了这一点，并对它进行了"修改"。

罗素

最早进行修改的是古希腊哲学家欧布利德（公元前4世纪）。他把巴门尼德的原始命题修改为"现在我说的是一句假话"。这就是所谓"强化了的说谎者悖论"。在这个基础上，人们还构造了一个与它等价的"永恒的说谎者悖论"：在本页这行里所印的这句话是谎话。

由于上面那行只有这一句话，所以如果假设这句话是真，就要承认它的断言，从而推出这句话是假。如果假设这句话是假，就要肯定它的否定是真，即"这句话"不是谎话，所以这句话是真。

可以看出，不管怎样假设，都会出现矛盾。

这个悖论还有许多"山寨版"。

一个人可以对他所做的某个断语评价说："我在说谎。"这个陈述是真的呢，还是假的呢？如果他真是在说谎，那么，他所说的就是真的；如果他说的是真话，那么他又在说谎。

汤姆对吉利说："世界上没有绝对的东西，你说对不？"如果吉利回答说"对"，那汤姆的话就错了——这里就有了"绝对的东西"，如果吉利回答说"不对"，那汤姆的话也就错了；因此，汤姆的话就是一个悖论。

"所有的法则皆有例外"是又一个名例。这个陈述作为一个法则也必然有例外，因此存在一个没有例外的法则。这一类陈述是指向自身并否定自身的。

还有一些"山寨版"涉及较为间接的自指。有这样两个句子："后一句话是错误的。前一句话是对的。"这就会产生矛盾。如果第二句话是正确的，那么第二句话就是错误的；如果第二句话是错误的，正如第一句所说，第二句话就是正确的。

出生在捷克斯洛伐克的奥地利哲学家、20世纪一流的逻辑学家哥德尔（1906—1978），还给出了一个与上述矛盾陈述略有差异的"山寨版"：在1934年5月4日，A做了一个单一的陈述："A在1934年5月4日所说的每一句话都是假的。"这个陈述不可能是真的，因为它断言了自身是假的。它也不可能是假的，因为如果它是假的，A就在5月4日做了一个真实的陈述，而他又只讲了这一句话。

哥德尔

1931 年，在维也纳大学的 25 岁的哥德尔在《数学物理月刊》上发表题为《论〈数学原理〉和有关体系的形式不可判定命题》，提出了震惊逻辑学界和数学界的两个著名的"不完备性定理"，彻底摧毁了数学的所有重要领域都能被完全公理化这个强烈的信念。他的划时代的伟大贡献表明，任何所谓的"严密的形式体系"，都不是天衣无缝的——正所谓"竹密不妨流水过，青山不碍白云飞"。于是，重要性与日俱增的悖论的研究之火，被再次添进更加理智的柴薪。

有感于此，当代美国作家尼古拉斯·法雷塔（Nicolas Falletta）对悖论赞赏有加："一个悖论是站在真理之上而引起人们注意的真理。"

"无能"的长跑家
——"追不上"乌龟的阿基里斯

"砰!"发令枪响了——在骄阳似火之下满是尘土的跑道之上。

古希腊神话传说中以善跑著称的英雄阿基里斯（Achilleus 或 Achilles）在飞奔——追赶一个在他前面缓慢而奋力爬行的乌龟。这就是著名的阿基里斯追龟的故事。

阿基里斯追乌龟

这显然不是一场有悬念的较量——阿基里斯肯定会在这场没有时间限制的比赛中获胜，然而，古希腊哲学家芝诺在公元前 5 世纪却说，阿基里斯永远追不上乌龟。

他说，阿基里斯要追上乌龟，必须先跑完他和乌龟之间的距离，而在他跑的过程中，乌龟又向前爬了一段——虽然很短；阿基里斯再追时，乌龟又向前爬了一段——虽然更短……这样无限进行下去，他和乌龟始终相隔一小段距离，因此，他始终追不上乌龟。这就是著名的"追龟悖论"。

我们用具体的实例来说明芝诺的上述观点。假设阿基里斯的速度是 10 米/秒，乌龟的速度是 1 米/秒，乌龟在阿基里斯的前面 100 米处。当阿基里斯跑过了这 100 米的时候，乌龟又向前跑了 10 米；当阿基里斯又跑了这 10 米的时候，乌龟又跑了 1 米……这样，阿基里斯和乌龟始终相隔一小段距离。因此，他始终追不上乌龟。

这就怪了，芝诺的逻辑推理是正确的呀，怎么会得出错误的结论呢？

原来，芝诺只注意到运动的间断性（把阿基里斯的运动割断为一个一个的阶段），而忽略了运动的连续性（不让阿基里斯连续跑下去）。芝诺的错误在于混淆了形式逻辑矛盾和真实矛盾。

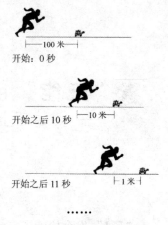

阿基里斯始终追不上乌龟？

楚国有个卖矛又卖盾的人拿起他的矛说："我的矛无坚不摧。"接着又拿起他的盾说："我的盾无锐不挡。"当别人问他，"用你的矛刺你的盾有什么结果？"的时候，他无言以对。这是我们熟知的故事。这个楚人之所以"自摆乌龙"，是由于他的思维混乱，是不符合事实的。这种矛盾就称为逻辑矛盾。

真实矛盾和逻辑矛盾完全不同，它不是由思维混乱造成的，而是在考察事物的实际情况时发生的。

下面，我们用前面的实例来说明真实矛盾——芝诺错误。他的错误在于把阿基里斯跑的距离限定在他自己圈定的范围内：第一次圈定在 100 米内，第二次圈定在 10 米内，第三次圈定在 1 米内……也就是把总距离圈定在 100 + 10 + 1 + ……米即 $111.\dot{1}$ 米内。由此可见，芝诺的错误是，不顾事实地限定阿基里斯跑的距离，忽略了运动的连续性。事实上，不难算出，阿基里斯只要跑到超过 $111.\dot{1}$ 米的地方，就追了上乌龟。

当然，也可以从芝诺用限定阿基里斯跑的时间来把他的"理由"证谬。事实上，芝诺限定的每段时间分别是：10 秒、1 秒、0.1 秒……即总时间限定在 $11.\dot{1}$ 秒内。这里，芝诺的错误是，只注意到时间的间断性（阶段性），忽略了时间的连续性（无穷性）。事实上，阿基里斯只要跑到超过 $11.\dot{1}$ 秒的时候，就追了上乌龟。

芝诺正确的逻辑推理引出悖论的现象，使人们关注了两千多年。直到 1895 年，英国数学家道奇森（1832—1898）还让阿基里斯和乌龟这"快乐的一对",重现在用他的姓氏命名的悖论之中,他的题目是《乌龟说给阿基里斯的话》。这个作品发表在这一年第 4 期《心智》(*Mind*)杂志的第 278～280 页上,第一句话是:阿基里斯追上乌龟之后,舒舒服服地坐在龟背上。

这种关注使后来的人又编造了"兔龟赛跑"的故事——阿基里斯变成了兔子。

阿基里斯坐在龟背上

道奇森是牛津大学教授,也是一位逻辑学家,而他的笔名刘易斯·卡罗尔则更名闻遐迩。同样有名的是他为孩子们写的令人喜爱的《爱丽丝漫游奇境记》《一个迷惘的故事》(一本数学谜题故事书)等作品。这让当时的英国女王维多利亚(1819—1901),也要求他把所写的每一本书都送给她。《爱丽丝漫游奇境记》还被改拍成 3D 电影《爱丽丝漫游仙境》,于 2010 年 3 月初在北美公映以后,曾风靡全球。道奇森是一个不折不扣的"数学谜",经常在睡梦中得到灵感,就立即半夜起来当"夜猫子"。例如他的《枕边问题》中的 72 道题,几乎都是这样写成的。

与"追龟悖论"类似的,是芝诺的另一个悖论——"二分说悖论"。

芝诺说,在有限时间内,从图 1 中的 A 点走到 B 点是不可能的——即使 A 和 B 近在咫尺。因为从 A 走到 B,必须先走完全程的 $\frac{1}{2}$,即走到 AB 的中点;而要走完这 $\frac{1}{2}$,又必须先走完全程的 $\frac{1}{4}$;

道奇森

如此 $\frac{1}{8}$,$\frac{1}{16}$,…,可以无限分割下去,而在有限的时间内经过这无限个分割点,是不可能的。

芝诺由此还得出第二个结论:运动不可能有开始的时候。

二分说悖论的另外一个版本是"跑步者悖论"。这是以色列数学史

家伊莱·马奥尔（1937—　）在《无穷之旅
——关于无穷大的文化史》一书中使用的
名称。

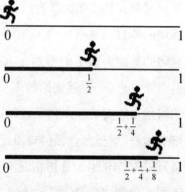

图1

在图2中，跑步者先跑完全程的一半，然
后跑完剩余距离的一半，再跑完上次剩余的一
半，如此继续，永无止境。

芝诺说，悲哀的跑步者始终跑不
到终点，因为跑到终点需要无限多个
步骤——这对跑步者来说显然是不可
能的。他自己非常清楚，跑步者很快
就能完成终点冲刺，然而他自己也没
有解决这个悖论。

二分说悖论的谬误和追龟悖论的
谬误是一样的——忽略了运动的连
续性。

图2 "可望而不可即"的终点

二分说悖论和中国古代著作《庄子·天下》篇中记载的"一尺之
棰，日取其半，万世不竭"的命题是一致的，只不过《庄子·天下》
篇并不认为这是一个悖论。

离弦的箭会飞吗
——只占空中一个点

　　飞动着的箭在任何一个确定的时刻都只能占据空间的一个特定的点，在这一瞬间它就静止在这一点上。这样，许多静止的点的总和，仍然是静止的，因此飞行的箭是不动的。这就是芝诺另一个著名的悖论——"飞矢不动悖论"。

　　芝诺还由此得出结论说，因为运动是位置的变化，而在任何一个时刻飞矢的位置并不变化，所以运动是不存在的。照同样的道理可以推知，任何一个物体都不可能运动——世界上只有静止，没有运动。当然，我们知道，芝诺在这里又出了错。

飞矢在某一确定的时刻只能占据空间的一个点……

　　"飞矢不动"的结论如此荒谬，以致它和"阿基里斯追龟"被长期作为诡辩的例子，但是要从芝诺"严密"的论证中找出它的错误，却并非易事。那么，芝诺在这里的错误是什么呢？

　　运动本身就是一个矛盾：既在这一点上又不在这一点上，无数相对静止的点构成了绝对运动的过程。这就是运动和静止的辩证法。芝诺不懂得这个辩证法，不懂得运动是间断性和连续性的统一，而把飞矢的运动看成是无数静止的点的简单总和，因而得出了否定运动存在的错误结论。

　　在中国，也有和"飞矢不动"类似的悖论。中国战国时代的哲学家庄子（约公元前369—前286），就在他和他的弟子共同写的《庄子·天下》篇中说："飞鸟之景，未尝动也。镞矢之疾，而有不行不止之时。"

"三角恋" 引出 1 = 2
——奇特的 "运动场"

如图 1 所示，运动场上有一排埋好的、静止不动的木桩，用白圈（○）表示；还有一些与这些木桩数量、大小相对应的两种木棒——黑木棒用黑圈（●）表示，花木棒用带黑点的圈（⊙）表示。

现在，芝诺将黑木棒全部向左移动 1 个棒的位置——如图 1 的第二排所示，同时将花木棒向右移动 1 个棒的位置——如图 1 的第三排所示。移动后的情况如图 1 的下半部所示。

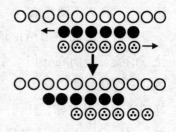

图 1

这个时候，芝诺说，从桩的角度来看，只移动了 1 个棒的位置；而从花木棒相对于黑木棒的角度来看，则是移动了 2 个棒的位置。由此可见，1 个棒的位置等于 2 个棒的位置；或者说，1 个棒移动的 1 份时间与 2 份时间相等。也就是说，无论时间还是空间，都有 1 = 2 的结果。这就是著名的 "运动场悖论"，也叫 "队列悖论"。

1 = 2 是一个与一般常识不同的结论，但当时的人们却困惑不解，意识不到芝诺的说明过程到底有什么错误。那么，产生这种奇妙但却是错误的根源在哪里呢？

其实，芝诺的悖谬是显而易见的。我们知道，在研究运动或静止的时候，必须选择同一个参照物（或参照系），否则说 "运动" 或者 "静止" 就没有意义。举例来说，"汽车在跑"，选的参照物就是地球，只不过这一参照物时常被省略了而已；如果选汽车内坐着不动的乘客为参照物，那就得出"汽车没有跑"的结果。此时，对于这两个互相矛盾但又各自正确的结论，我们不能笼统地说哪个对或哪个错，因为它们没有选择同一个参照物。

啊，明白了，芝诺的悖谬就在于他在同一个研究中选择了两个参照物——搞了一次"三角恋"。

图 2

我们来看芝诺是如何具体搞"三角恋"的。他在说移动了 1 个棒的位置时，选取的参照物是"桩"；他在说某种棒移动了 2 个棒的位置时，选取的参照物是另一种"棒"。芝诺一会儿"恋"桩，一会儿"恋"棒，他被桩和棒弄得"神魂颠倒"，当然也就要"胡言乱语"了。

对于选取参照物的重要性，日本科普作家仲田纪夫在《无穷的奥秘及其演变》一书中谈到相对论时说："脑海里常常浮现出……'运动场'事件中'某时间等于其两倍时间'那种似是而非的奇谈怪论。"他还用图 2 加以了形象的说明。

芝诺和他的悖论

——遗韵留芳两千年

芝诺是埃利亚学派的主要代表成员之一，古希腊著名的唯心主义哲学家。他认为世界上运动变化着的万物是不真实的，唯一真实的东西只能是所谓"唯一不动的存在"。芝诺代表了南意大利埃利亚学派的观点，这个学派主张存在是"一"，而"杂多"的"现象世界"是不真实的；世界本质上是静止的，运动只是假象。这个主张触及了科学概念中的一些根本性问题。

芝诺曾提出45个违背常识和属于诡辩性质的悖论，但流传至今的仅有9个。其中最著名的是前面我们讲过的4个，统称为"4个悖论"。据说，他是替老师巴门尼德辩解，才提出这些悖论的。

由于芝诺悖论涉及数学和哲学上的连续性问题，所以属于连续性悖论。在数学中，与连续性悖论对应的是集合论悖论。我们在后面要讲的罗素悖论，就是一个集合论悖论。

芝诺能言善辩，有人写诗形容他："大哉芝诺，鼓舌如簧；无论你说啥，他总说荒唐。"由于认识的局限性，当时并没有人能指出他的"歪理邪说"究竟在哪里出错——他自己也没能解决他的一些悖论。这样，他的悖论曾使数学家和哲学家们困惑不解，甚至郁闷不乐地苦恼了两千多年。直到19世纪中叶，人们对亚里士多德给芝诺悖论的批评几乎都深信不疑。到19世纪末，人们才彻底搞清芝诺的谬误的根源，给出了现代数学的哲学解决，给了他应有的评价。"在这个变化无常的世界上，没有什么比死后的声誉更变化无常了。死后得不到应有评价的最显眼的牺牲品莫过于芝诺了。"英国数学家、哲学家罗素对此感慨地说，"他虽然发明了4个无限微妙、无限深邃的悖论，但后世的大批哲学家却说他只是一个聪明的骗子，而他的悖论不过是一些诡辩。遭到两千多年的连续批评之后，这些'诡辩'才得以正名……"

由此可见，人们在认识芝诺诡辩式的论证中经历了一个漫长的过程，而这也正是这些悖论的魅力和流传至今的原因。

"不要读这一页上的任何东西。"芝诺悖论就像这句话一样，其陈述或表现出自我矛盾，或制造出无意义和令人吃惊的结论，或形成无休止的循环论证。多少世纪来，这些悖论不仅使人迷惑，造成了逻辑思维上的混乱，同时也引起了人们的兴趣和不安，它们出现在广泛的学科范围——包括文学、科学、数学，乃至于我们日常所面对的东西。或者就像照片中的牌子上写着的那样："是你弄上去的，你要把它拿下来！"这个在杆上的悖论的牌子，是一个被大批车库出售告示所激怒的房主钉上去的。

芝诺的观点虽然并不正确，然而他的一系列悖论却反映出他对空间和时间进行过深入的思索。他对问题的创造、令人困惑的推理、诡辩式的论证，触及"一"与"多""有限"与"无限""连续"与"间断""运动"与"静止"之间的关系，不但使人们获得了乐趣，还从反面揭示了客观存在于运动中的矛盾，含有可贵的辩证法因素，成为很好的智力练习，成了新发现的"王道乐土"。

是你弄上去的，你要把它拿下来！

对包括芝诺悖论在内的悖论的作用，出生在奥地利首都维也纳的英国哲学家、数理逻辑学家维特根斯坦（1889—1951）在1930年说："我敢预言，总会有一天，出现包含着矛盾的数学研究，人们将会真正感到自豪，因为他们把自己从协调性的束缚中解放出来了。"

一位名人则认为，完全的光明和完全的黑暗一样使人盲目。数学、逻辑——科技的基础，就在这层出不穷的悖论"阴影"中发展和进步。

芝诺本身并不是数学家而是哲学家，然而他的论点却使当时的数学家们感到困惑和震动，并促使他们在几何中尽力避免关于"无穷小""无穷大"的概念，从而在希腊几何学严谨化的过程中起过一定的作用。这对后来微积分和其他学术思想的形成和发展，都产生过深刻的影响。由于这一因素，不少文献也把芝诺称为数学家。

芝诺为什么会提出那些匪夷所思的悖论，至今人们依然是一头雾水。对此，美国数学史家塞路蒙·波克纳（1899—1982）教授在《数学在科学起源中的作用》中写道："芝诺令人费解的言行对一些哲学家来说永远是个谜。"

弗雷格"惨"遭"重拳"
——震撼数学界的罗素悖论

1902 年，一部大作——《算术基本定律》的
第二卷正在印刷出版，它的作者是德国数学家、
逻辑学家弗雷格（1848—1925）。在这卷中，他试
图建立有关数学基础的新方法，用的是"集合"
或"类"的理论。此前，它的第一卷已经在 1893
年出版。

弗雷格

正当弗雷格兴致勃勃地听着印刷厂隆隆的机
器声印出《算术基本定律·第二卷》，想象捧着
散发着油墨香的大作的时候，突然收到一封来自英吉利海峡对岸的信。
信，是他的老朋友英国数学家、哲学家罗素写来的。他兴致勃勃地打
开一看……

不看不知道，一看吓一跳—— 一颗"重磅炸弹"。

原来，罗素在信中提出了一个著名的悖论。这个悖论，正好涉及
前面弗雷格提到的"集合"或"类"的理论，发现其中有不可逾越的
障碍——无法克服的矛盾。后来，人们把这个悖论称为"罗素悖
论"——集合论悖论中三个悖论里的一个。不过，有人认为这个悖论
更恰当的名称应该是"二律背反"（antinomy）。

集合悖论中的另外两个是"布拉利－福尔蒂悖论"和"康托尔悖
论"。也有人把其他一些悖论也称为集合论悖论，例如《数学百科辞
典》中就把里查德悖论（和罗素悖论、布拉利－福尔蒂悖论）归入

"集合论中的悖论"之中。这些悖论，我们将在接下来的故事中介绍。

罗素在研究了康托尔在 1899 年发现的康托尔悖论之后，在 1901 年 6 月发现了以他自己姓氏命名的悖论，其要点如下。

如果把所有的集合分为甲、乙两种类型，甲类可以自身作为自己的元素，乙类不能把自身作为自己的元素。那么要问，所有乙类集合的集合是甲类呢，还是乙类呢？如果回答"所有乙类集合的集合属于甲类"，由于甲类可以把自身作为自己的元素，那么乙类集合的集合应该属于乙类。如果回答"所有乙类集合的集合属于乙类"，那么它显然可以纳入所有的乙类集合的集合之中，这样，它又符合甲类的要求而属于甲类了。此时，就得到一个使人无所适从、啼笑皆非的结果：所有乙类集合的集合既是甲类又不是甲类，既是乙类又不是乙类，于是形成了不可克服的逻辑矛盾。

对这样的矛盾，罗素极为沮丧。他说："每天早晨，我面对一张白纸坐在那儿，除了短暂的午餐，我一整天都盯着那张白纸。常常在夜幕降临之际，仍是一片空白……似乎我整个余生很可能就消耗在这张白纸上。让人更加烦恼的是，矛盾是平凡的。我的时间都花在这些似乎不值得去认真考虑的事情上。"

可以看出，罗素在刚发现这个悖论之时的困惑。

面对这样的"重拳出击"，弗雷格此时的感觉，有如五雷轰顶！他宣称：他在 1884 年出版的《算术基础》这本书的基础之一已经动摇。于是，他只好修改正准备出版的大作，直到第二年即 1903 年，《算术基本定律·第二卷》才出版。他在这本书后附录的开头写道："对于一个科学家来说，没有一件事如下列事实更令人扫兴，当他的工作刚完成的时候，突然一块奠基石崩塌下来了。当本书的印刷快要完成的时候，罗素先生给我的一封信就使我陷入这样的境地。"

罗素悖论，记载于他和他的同胞怀特海（1861—1947）在 1903 年开始合作撰写的《数学原理》中。它不但在此前震惊了弗雷格，也震惊了数学界和逻辑学界。德国数学家希尔伯特（1862—1943）甚至说，这个悖论对数学界有着"灾难性的后果"。以致一些年以后，数学家们开始带着渴望回首在这些悖论出现之前的那段短暂而幸福的时光。在罗素悖论发现之前，德国数学家杜布依·雷蒙（1831—1889）就曾描述过"我们仍住在天堂里"的那段幸福时光。

罗素

希尔伯特的话一点也不为过，因为由此引发了"第三次数学危机"。

当然，这次"灾难"引发的"危机"，对数学和逻辑学也是一件天大的幸事，因为随之而来的三大数学流派和哥德尔不完备性定理的诞生，彻底粉碎了法国数学家庞加莱（1854—1912）的"数学的完全严格性已经达到了"的断言，使人们更加审慎地看待自己认识自然的能力。庞加莱的断言，是他于1900年在巴黎召开的第二届国际数学家大会上做出的。罗素悖论本身，则与图灵计算机相连接，成为计算机的理论基础之一。

怀特海

萨维尔村里的难题
——理发师的头发该谁理

一位路过萨维尔村的旅客，头发长了，就向理发店走去。

"师傅，这个村还有别的理发店吗？"他看到这家理发店似乎有点"脏乱差"，就想另找一家。

"没有了，我的职责就是一定给本村所有那些不给自己理发的人理发，而绝不给那些给自己理发的人理发。"理发师回答。我们把这个回答称为"理发师宣言"。

听了"理发师宣言"，这位旅客别无选择，只好"屈尊就卑"——走进了理发店……

我们不禁要问：这位理发师的头发又该由谁来理呢？

首先假设应该由别人给他理，那么他就是不给自己理发的人。这样，照"理发师宣言"的前半部分，就应该自己理。这就出现了前后矛盾。

再假设应该由他自己理，那么他就是给自己理发的人。这样，照"理发师宣言"的后半部分，他就不能自己理。这也出现了前后矛盾。

最后的结果是：照"理发师宣言"，这位理发师的头发谁也不能理，也不知道该谁理！

这就是著名的"理发师悖论"。

1918 年，罗素因为反对第一次世界大战，被判监禁 6 个月。他在监狱中写出了《数理哲学导论》，提出了理发师悖论，在 1919 年发表。这个悖论，是我们在前面讲过的、相对抽象深奥的罗素悖论的一个

"形象通俗版"，所以一些资料也把理发师悖论叫作罗素悖论。

理发师悖论的"解决"，是通过断言不存在这样的理发师，或是要求理发师将自己排除在他给理发和他不给理发的人之外。正如他在一篇文章中所说的那样："最好是这样与一个长鼻子的人交谈：当我谈到鼻子的时候，我已经除去了那些过分长的长鼻子。"

根据这个"解决"，有人提出了"所有规则都有例外"这个适用于任何领域的"万能规则"。那么，这个规则真的"万能"吗？

我们问，这个规则本身有没有例外呢？如果回答"有"，那说明这个规则并不"万能"；如果回答"没有"，那这个规则的表述就不正确。于是，我们又陷入另一个悖论之中……

有人还补充说，存在在语法上正确的英文句子，而在逻辑上则是无意义或者是错误的，例如下面这个句子："This sentence contains four words"。这句明明包含五个单词的话的意思却是"这句话包含四个单词"。

事实上，在我们的生活中，像理发师悖论这样的悖论随处可见。例如，我们说"后一句话是错误的，前一句话是对的"，这就是一个悖论。因为如果这个句子中第二句话正确，那么第一句话就是错误的；但如果第二句话是错误的，正如第一句所言，则第二句话就是正确的。

有人还将理发师悖论改头换面为"机器人悖论"：对一个机器人，规定它必须修理，而且只修理一切不修理自身的机器人。显然，这个机器人也会像理发师那样无所适从。

"真理，愈求愈模糊"

——迷人的"秃头悖论"

一群学生来看退休多年的老教授——他们大学时代的张老师。

"啊，岁月不饶人啊！老师已经变成秃头了！"一个学生看到当年老师"黑草如茵"、现在几乎"寸草不生"的光头时，不由得发出感慨。

教授摸了摸已经谢顶的头，说："是吗，我真的变成秃头了吗？"

"老师，对不起，您的头顶上已经没有多少头发，确实说是秃头了。"学生说。

教授："你秀发浓密，当然不算秃头。可是，我问你，如果你的头上脱落了一根头发之后，能说是秃头吗？"

学生："我只少一根头发，当然不是秃头。"

教授："那好，再少一根呢？再再少一根呢……总结我们的讨论，就得到下面的结论：如果一个人不是秃头，那么他减少一根又一根头发仍然不是秃头，你说对吗？"

学生："对！"

教授："我年轻的时候也和你一样，一头乌黑的秀发，当时没有人说我是秃头，后来随着年龄的增高，头发一根根减少，最后到今天这个样子。但是每掉一根头发，根据我们刚才得到的结论，我都不是秃头。这样，经过多次头发的减少，并对每一次减少都使用这个结论，就得到一个新结论：我今天依然不是秃头。推而广之，任何人都不是秃头。"

学生无法回答，只好笑而不语。

张教授得意地把他故意和学生进行的诡辩，称之为"秃头悖论"——任何人都不是秃头。

秃头悖论最早是由欧几里得创立的麦加学派提出来的。德国古典哲学家黑格尔（1770—1831）在《科学史讲演录》中也提到它：一个满头乌发的年轻人，随着年龄的增长开始掉起了头发，最后竟成了秃头。有人问，开始掉一根头发的时候是秃头吗？不是。那再掉一根呢？也不是。如此继续。那么，掉到哪一根才算是秃头呢？

以上用的是头发的"减法"。

当然，秃头悖论还有另外一种相反的，但本质一样的说法：任何人都是秃头。这还可以用数学归纳法，从头发的"加法"角度来"证明"呢。

悖证如下。

用 n 来表示一个人的头发根数，对 n 用数学归纳法。

因为，①$n=0$ 的人显然是秃头；② 假定有 0 根头发的人算秃头，那么，只多了一根头发的人也必然是秃头。

所以，对任意 $n \geq 1$，有 n 根头发的人都是秃头。就是说，任何人在任何时候都是秃头。

当然，不管是"任何人都不是秃头"，还是"任何人都是秃头"，都是我们不会接受的错误说法。

为什么会出现这样的悖论呢？

从数学和逻辑学上说，是因为我们把一个由普通集合论刻画的推理方法，应用到一个不能由普通集合刻画的模糊概念上去了。或者说，它把一个二值逻辑的推理，运用到一个二值逻辑所不能施行的判断上去了。

从哲学上说，量与质常常是统一的，量的变化往往就已经包含着质变。从头发根数来区分秃与不秃，绝对明显的界限是没有的，但根数的加一与减一又都必须"根根计较"。在这微小的量变之中已经蕴含着质的毫厘差别，这种差别是绝对不能简单用"是"或"非"来描述的，一些事物只有到了黑格尔所说的"关节点"——例如水的冰点或沸点，这种差别才会显现；另一些事物有时并没有绝对或明显的关节点——例如"高个子"和"矮个子"的分界点就是这样。

事实上，宇宙间的事物并不总是非此即彼。日常生活当中，就有诸如"大个子""小青年"这些众多模糊的说法。科学研究中的模糊现象更是难以计数。例如病毒，它的有些生命现象——分裂繁殖，既没有细胞核又没有细胞壁，你说它是生物还是非生物？

由于不能用精确的"非 0 即 1"的"计算机模式"描绘许多现实事物，这就给数学家们提出了新的课题。在这个背景下，模糊数学应运而生。

1917 年秋到 1919 年春，年轻的周恩来（1898—1976）东渡日本留学，曾写下《雨中岚山——日本京都》一诗，其中有这样的佳句："人间的万象真理，愈求愈模糊；模糊中偶然见着一点光明，真愈觉娇妍。"这充满哲理的诗句，既是他追求光明、追求真理的写照，也是在人生领域对模糊科学妙不可言的诠释。无独有偶，中国著名学者季羡林（1911—2009）也"英雄所见略同"："学者们敢说：'真理愈辩愈明。'我也曾长期虔诚地相信这一句话。但是，最近我忽然大彻大悟，觉得事情正好相反，真理是愈辩愈糊涂。"

究竟能不能表述
——里查德的尴尬

1905 年，法国数学家里查德（1862—1956）提出一个悖论，用的是同康托尔用来证明实数的基数大于整数的基数一样的途径。后来，人们就把它称之为"里查德悖论"。

由于它的论述比较繁复，所以博德内恩图书馆的贝里（G. G. Berry）把它简化，并把它交给罗素，罗素在 1906 年把它发表出来，被称作"单词悖论"。单词悖论是一种语义悖论。它认为，每一个整数都可以通过若干种方式用单词描述出来，例如，5 这个整数可以表示成"five"（五）这个单词，或词组"the next integer after four"（四后面的整数）。

现在，我们考虑那些所有可能的用不多于 100 个英文字母进行的描述，这样至多有 27^{100} 种描述方式，因而也势必存在由 27^{100} 种描述方式所能描述的最大有限整数，那么，一定有不能用 27^{100} 种描述方式描述的整数。考虑"the smallest number not describable in l00 letters or fewer"（不能用 100 个或更少的字母描写出来的最小的整数），但这个数却正好用少于 100 个字母就描述出来了。这就是贝里的简单表述。

贝里的简单表述还有另一种说法："The least positive integer which can not be described in at most a hundred letters"——含义也是"用最多 100 个字母不可能表述最小的自然数中一个"。但是，这句话本身就是对这个数的一种表述，而它只用了 68 个字母，这就出现了不可克服的矛盾。

另外有一个语义悖论是这样的：n 是用不超过 25 个自然字不能定义的最小正整数。

数一数这个 n 定义中的自然字，发现它只有 22 个，没有超过 25 个。也就是说，我们用了不超过 25 个自然字就定义了 n，与"n 是用不超过 25 个自然字不能定义"相矛盾。

这个悖论发生的原因是，用自然字定义时的字数如何确定，没有严格界定的标准；另外，什么叫"不能定义"，含义也是模糊的。

日本数学会编的《数学百科辞典》（科学出版社在 1884 年出的中文版）第 7 页中，把里查德悖论归入集合论悖论；而《简明数学史辞典》（山东教育出版社在 1991 年出版）第 281 页中则说，里查德悖论是不在集合论范围内的悖论。

究竟哪个集合"大"
——布拉利－福尔蒂悖论

我们知道，正整数集 N 是：1，2，3，4，…。在这个无穷大的集合中，包含了所有的正整数。

可是，到了 1897 年，意大利数学家布拉利·福尔蒂（1861—1931）却说，不对，我这里还有更大的正整数集合 N′。N′包括以下两个部分：①N，②另一个比 N 中最大的正整数还大的正整数 $n = 1 + 2 + 3 + 4 + \cdots$。

蠢立在华盛顿的雕塑
《无穷大》

不是说 N 包含了所有的正整数吗，凭什么说 n 是比 N 中最大的正整数还大的正整数呢？

布拉利·福尔蒂说，由于 $n = 1 + 2 + 3 + 4 + \cdots$，显然比 1 大，也就比 2 大，比 3 大，比 4 大……以此类推，显然比 N 中任何一个正整数都大。

这样，悖论就出现了。

一方面，显然 N′比 N 大，但是，另一方面，N 已经包含了所有的正整数，怎么还有更大的 N′呢？或者说，怎么还有更大的 $n = 1 + 2 + 3 + 4 + \cdots$呢？

这就是"布拉利·福尔蒂悖论"的一个通俗而粗略的说明。

布拉利·福尔蒂悖论涉及一些数学专业术语，它的准确的叙述为：假设 W 是由全体序数构成的集合，即 $W = \{0, 1, 2, 3, \cdots\}$，$W$ 是良序集。又假设 Ω 是 W 的序数。一方面，作为 W 的元素的序数都比 Ω

小；但是另一方面，W 是一切序数的集合，所以 Ω 也是 W 的元素。这就得到一个矛盾的结果：$\Omega < \Omega$。由于这里涉及最大序数，所以布拉利·福尔蒂悖论又叫"最大序数悖论"。

布拉利·福尔蒂悖论是一个逻辑悖论。它的出现，说明"全部"这个词的意义是含混不清的；有时，一些语义上的悖论就源于"全部"这个词的用法。

全体等于部分吗
——奇妙的康托尔悖论

请看下面的对应关系：

1　2　3　4　5　…
↕　↕　↕　↕　↕　↕
2　4　6　8　10　…

容易看出，前一排是全体自然数的集合 A，后一排是全体偶自然数的集合 B——A 的一部分。我们知道，$A > B$，因为"全体大于部分"——2 000 多年来人们笃信不移的欧几里得《几何原本》中的一条公理。

但是，在上面的对应关系中，我们却看到：A 中每出现一个元素，B 中都可以用一个元素和它对应。由此可以看出，$A = B$，即"全体等于它的一半"。

既是 $A > B$，又有 $A = B$，这就是德国数学家康托尔（1845—1918）在 1895 年发现的"康托尔悖论"，即"最大基数悖论"。用他描述无限集合的话来说，是："无限集是一个可以与它自己的一个真子集一一对应的集合。"

第二年，他把这个悖论告诉了他的同胞希尔伯特；1898 年，在给同胞戴德金（1831—1916）的信中又提到这个悖论。

康托尔

事实上，这类"全体等于部分"的康托尔悖论还可以举出很多。

例如，康托尔还证明了一条直线上的点和一个平面上的点之间存在着"一一对应"关系。

那么，$A > B$ 和 $A = B$，究竟哪个对呢？我们暂时搁下不表。

对于这类"荒谬"的结论，连当年康托尔也对自己用一一对应得到的结果惊愕不已。他在开始研究集合论的 1877 年给戴德金的一封信中写道："我看到了它，却不敢相信它。"

康托尔最终还是相信了，且在确立无穷集合的相等时坚持了他的一一对应原理，并得出结论：如果两个集合元素之间可以建立某种一一对应的关系，那么这两个集合就说是"等势的"即"等价的"，意思是"大小一样"的。于是，答案出来了：$A = B$。

我们比较多少（或大小），有两种方法。一种是"度量法"。一种是"一一对应法"。

当比较甲、乙两个量哪一个多的时候，我们分别把甲、乙进行"度量"，然后比较数量的大小。这就是度量法。举例来说，经过点数得甲有 50 本书，乙有 40 本书，我们说甲的书更多。

当然，比较甲、乙的书的多少，也可以这样做：甲拿 1 本，乙拿 1 本；甲再拿 1 本，乙也再拿 1 本……如此继续，直到乙方没有书可拿为止，这时没有书可拿的乙方就是书少的一方。这就是一一对应法。

那么，这两种方法应该在什么时候使用呢？显然，当数量是有限多的时候，度量法和一一对应法原则上都可以使用；当数量是无限多的时候，

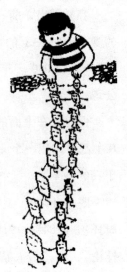

把饼干和糖果一一配对来比较它们的多少

度量法就不能用了——我们永远不可能"度量"出某个无限多的确切数量是多少，从而与另一个无限多进行多少的比较。这时，只能用一一对应法。如果的确能一一对应，就一样多；反之，就不一样多。

可以看出，"全体大于部分"成立的条件是，"全体"的个数必须

是有限的。当"全体"是无限多的时候,这个古老而朴素的公理就失灵了。

康托尔悖论或此前"不可理喻"的集合论观点,首先遭到他的老师克罗内克(1823—1891)的强烈反对,说这是"近十年来最具有兽性的见解",骂他是"骗子"。法国数学家庞加莱则说集合论是一个有趣的"病理学的情形",是"邪气与病态的坟墓"。此外,三个德国数学家——赫尔曼·克劳斯·雨果·韦尔(1885—1955)、施瓦茨(1843—1921)、克莱因(1849—1925),和其他人也反对或不同意康托尔的观点。其中施瓦茨原来是康托尔的好友,但因此而与康托尔断交。由此可见,传统观念是多么容易束缚人的思想!

当然,也有不少数学家支持康托尔的观点。希尔伯特说:"没有人能把我们从康托尔为我们创造的乐园中驱逐出去。"他重点在德国宣传康托尔的思想。他在1926年评价康托尔的工作时说:"这对我来说是最值得钦佩的数学理智之花,也是在纯粹理性范畴中人类活动所取得的最高成就之一。"戴德金、瑞典数学家米他格·莱夫勒(1846—1927)、法国数学家埃尔米特(1822—1901)也支持康托尔的理论。

罗素则先反对后支持康托尔的观点。罗素在1901年的一篇随笔中写道:"康托尔一定犯了某个微妙的小错误,我会在将来的某些工作中对此加以阐明。"16年后,当他重印他的随笔《神秘主义与逻辑》时,他增加了一条注脚对他当年的错误表示歉意。罗素还说,康托尔的成就是"这个时代所能夸耀的最巨大的工作"。

成败皆"萧何"
——走到康托尔面前的伽利略

在 1638 年，意大利著名科学家伽利略（1564—1642）也做过类似康托尔的研究。请看下面的一一对应：

1　2　3　4　5　…

↕　↕　↕　↕　↕

1　4　9　16　25　…

前一排是所有自然数，后一排是与其一一对应的完全平方数。不难看出，全体自然数和比它"少得多"的完全平方数一样多！这就是和康托尔悖论一样的"伽利略悖论"。

伽利略的类似研究还扩展到几何中。他在《两门新科学的对话》一书中，就注意到图 1 中 AB 比 CD 短——或者说把 AB 看成 CD 的一部分，但对于 CD 上的每一个点 P'，AB 上都有对应点 P。也就是说，AB 和 CD 上的点一样多。

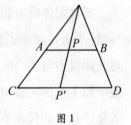

图 1

鉴于这种情况，伽利略对"全体大于部分"表示了怀疑，在对此百思不得其解之后，终以"不可理解"而最后放弃"自然数和完全平方数一样多"的正确结论。

我们知道，近现代科学的始祖伽利略，并不是一个因循守旧的人。他成功打破古希腊圣贤亚里士多德那个"重物比轻物下落得快"的"经典"之说，就是明证。可当面对与 200 多年后康托尔提出的"最大基数悖论"类似的问题的时候，他却"雪拥蓝关马不前"了。正是

"成也萧何，败也萧何"。

伽利略为什么会在看似荒谬而实际正确的结论面前退缩呢？

首先，还是那个该死的"传统"或"常识"——"全体大于部分"在作祟。由此可见，走在无穷大的神秘旅途中的时候，"常识"常常是一个非常蹩脚的向导。

类似图1的例子还有图2。*PQR* 是一个半圆，*MN* 是它的切线。从圆心 *O* 出发的每一条射线都和半圆、切线（除开 *OP*、*OR*）相交，这就意味着切线上的任何一点，都可以在半圆上找到一点

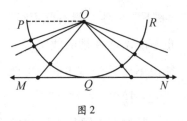

图2

和它对应。你看，有限长度的半圆竟然与无限长的直线一样长了——"全体大于部分"并不成立！

不过，对于用一一对应法比较大小，应十分谨慎，否则会导致谬误。因为正如约翰·弥尔顿（1608—1674）所说："无穷大是一个黑暗的、无限的海洋，它没有边际。"这个在英国诗人中地位仅次于莎士比亚（1564—1616）的诗人，以著名的长诗《失乐园》《复乐园》和《力士参孙》等作品享誉全球。

通过伽利略和康托尔的发现，使我们更加小心地处理"无穷大问题"。

首先，请看下面两种不同于前面康托尔的对应：

伽利略

$$1 \quad 2 \quad 3 \quad 4 \dots$$

第一种对应：

$$\textit{1} \quad \textit{2} \quad \textit{3} \quad \textit{4} \dots$$

由这种对应似乎可以看出，第二排的粗斜体数似乎多了一个数字1。

$$1 \quad 2 \quad 3 \quad 4 \dots$$

第二种对应：

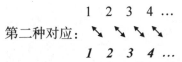

$$\textit{1} \quad \textit{2} \quad \textit{3} \quad \textit{4} \dots$$

由这种对应似乎可以看出，第二排的粗斜体数似乎少了一个数字1。

事实上，粗斜体数和细正体数，都是全体自然数的集合，显然是一样多。

这个例子告诉我们，某一排似乎"剩下"一些"没有配上对"的数字，也不能说这一排的数字多一些，而只能说不比另一排少——可能更多，也可能一样多。

所有的整数和分数的数目

线、面、体上所有的几何点的数目

所有的几何曲线的数目

无穷大的头3级

其次，不同的无限多或者说无穷大，不一定是一样多。例如，全体实数就比全体整数多。

为了区别不一样多的无限多，康托尔还把不同的无穷大分为 $\aleph_0$、$\aleph_1$、$\aleph_2$ 这3个等级，其中 $\aleph_0$ 最少，$\aleph_2$ 最多。至今人们还没有构造出第4级无穷大 $\aleph_3$ 来。这里，"$\aleph$"为希伯来文字母，读作"阿莱夫"。

总之，无限多是一个变量，与一般的数不同，要"特殊关照"。它的许多奇妙性质，使数学家们着迷，正如希尔伯特所说："无穷！如此令人精神振奋是罕见的。"

逻辑悖论也可以分为两种。一种是从正确的前提出发，得到人们的直觉或囿于当时的认识水平看来是错误，但实际是正确的结论。这是一种假悖论，康托尔悖论和伽利略悖论就属于这种。另一种是从貌似正确，实际却隐含矛盾或谬误的前提出发，从而得到确实错误的结论。芝诺悖论就属于这种。

奇妙的"希尔伯特旅店"
——"似是而非"还是"似非而是"

有这样一家奇怪的旅店：旅店中有无穷多个房间。

有一天，所有房间客满，可又新来了一位客人，怎么办？

老板说，没关系，请稍等一会儿。他发出通知：原有客人均调至下一个客房中——1 号客人改住 2 号房，2 号客人改住 3 号房……于是空出了 1 号房间，新客人住处有了着落。

又有一天，还是客满，突然来了无穷多位新客人，怎么办？

老板说，没关系，请稍多等一会儿。于是又发出通知：原有客人均调至两倍于原来的号码的房间中——1 号客人改住 2 号房，2 号客人改住 4 号房……于是又空出了号码为奇数的无穷多个客房，所有新客人都满意入住。

据说，在第二次世界大战期间，德国数学家希尔伯特在一次讲演中，用这个比喻来说明无穷大数学里"部分可能等于全体"这个"似非而是"的结论。这就是奇妙的"希尔伯特旅店"。

希尔伯特

希尔伯特的结论——无穷大数学里"部分可能等于全体"，似乎是不容置疑的。可是，我们还是有两个疑问：有无穷多房间的旅店当初怎么会住满呢，而且住满的房间为什么又可以腾空呢？

看来，无穷大真是像让·科克托（1889—1963）所说的那样："神秘之中有神秘，上帝之上有上帝……这就是那个称为无穷大的东西。"

我们无法回答上面两个问题，只好暂且把它叫作"希尔伯特悖论"。也许，希尔伯特把"似非而是"弄得"似是而非"了！

也许，希尔伯特的这番话能解读我们的"困惑"："无穷大！任何一个其他问题都不曾如此深刻地影响人类的精神；任何一个其他观点都不曾如此有效地激励人类的智力；然而，没有任何概念比无穷大更需要澄清……"

不过，我们还是更愿意用古罗马帝国皇帝（161—180 在位）和哲学家马库斯·奥勒利乌斯（Marcus Aurelius，121—180）即马库斯·奥勒利乌斯·安东尼·奥古斯都（Marcus Aurelius Antoninus Augustus）的话来作为"答案"："无穷大是一个深不可测的海湾，所有的东西都会在其中消失。"

他为什么葬身鱼腹

——神秘的$\sqrt{2}$悖论

公元前 5 世纪一个漆黑的夜晚，在茫茫的地中海上，一只大船在奋力追赶一条小船。很快小船被追上了，小船上仅有的一人被大船上的一群人砍死，并抛尸大海。

为什么这群人要如此凶残，他们和葬身鱼腹的人分别是谁？

在古希腊，有一个著名的毕达哥拉斯（约公元前 580—前 500）学派。这个学派认为"万物皆数"。用它的主要成员之一菲洛劳斯（约公元前 5 世纪）的话来说："如果略去数和数的性质，则任何事物及其关系都不可能清楚地理解。"

毕达哥拉斯学派还进一步认为，"万物皆整数比"——"宇宙间的一切现象都能归结为整数或整数的比"。

悲剧就出在"万物皆数"和"万物皆整数比"的信条上。

毕达哥拉斯学派中的主要成员，毕达哥拉斯的学生、米太旁登的希帕索斯（约公元前 5 世纪）在研究边长为 1 的正方形时发现，正方形的对角线的长$\sqrt{2}$既不是整数，也不是任何两个整数的比。这时，他感到迷惑不解，因为根据老师的看法，$\sqrt{2}$是根本就不存在的数啊！

是啊，按当时的观点，所有的数都和数轴上的点一一对应，那数轴上哪里还有$\sqrt{2}$的容身之地呢？

希帕索斯把这一发现告诉了老师毕达哥拉斯。毕达哥拉斯听后惊骇不已，他做梦也没有想到，他由自己的上述信条竟引出了一个与之相悖的结果——"$\sqrt{2}$悖论"或"希帕索斯悖论"。于是他下令封锁这一消息，并警告希帕索斯不要忘记入学时不泄露学派内机密的誓言，不准再提$\sqrt{2}$，否则将会被处死。

希帕索斯又反复进行了研究，在确信他的研究无误之后，还是把自己的发现传了出去。

希帕索斯的"包天之胆"，使毕达哥拉斯恼羞成怒，决定对他"绳之以法"。希帕索斯听到风声后，预感必将难逃厄运，于是在东躲西藏之后，乘上一只船企图逃离希腊。然而，在茫茫的大海上，他还是被毕达哥拉斯派来追杀的人抓到……

对希帕索斯的归宿，还有另外几种说法。例如，将他驱逐出学派，并为此立了一块墓碑，就好像他已经死了。也有说只是把他赶出学派，或者说他因船只沉没而死。

$\sqrt{2}$的发现，引发了"第一次数学危机"；导致古希腊数学从重视"数"（代数）到重视"形"（几何）的转变。通过许多数学家的努力，"第一次数学危机"被解决，数学向前迈进了一步。

欧拉和邹腾
——虚数能这样相乘吗

瑞士大数学家欧拉（1707—1783）曾演算过这样一道题：$\sqrt{-1} \times \sqrt{-4} = ?$

欧拉的答案是 $\sqrt{-1} \times \sqrt{-4} = \sqrt{(-1)(-4)} = \sqrt{4} = 2$。

无独有偶，丹麦数学家希罗尼姆斯·乔治·邹腾（1839—1920）在中学时代的一次考试中，也有类似的运算：$\sqrt{-a} \times \sqrt{-b} = \sqrt{ab}$（$a$，$b$ 是正数）。结果，他这个未来的数学家吃了"鸭蛋"。

欧拉

我们知道，以上两道题的正确答案分别是 -2 和 $-\sqrt{ab}$，它们分别由 $\sqrt{-1} \times \sqrt{-4} = i\sqrt{1} \times i\sqrt{4} = i^2\sqrt{1 \times 4}$ 和 $\sqrt{-a} \times \sqrt{-b} = i\sqrt{a} \times i\sqrt{b} = i^2\sqrt{ab}$ 得到。

上面两位数学家犯错误的原因在于，当时人们对虚数的概念不是很了解。例如，欧拉就说，虚数只是存在于"幻想之中"，于是他用"虚幻"（imaginary）一词的第一个字母 i 来表示它的单位 $\sqrt{-1}$，即 $i = \sqrt{-1}$，并被沿用至今。

邹腾

对于虚数的"神秘莫测"，大数学家莱布尼茨（1646—1716）说："圣灵在分析学的奇观中找到了超凡的显示，就是那个理想世界的瑞兆，那个介于存在与不存在之间的两栖怪物，那个我们叫虚数的 -1 的平方根。"

由此可见，先贤们经历的科学之路多么曲折！

"1 - 1 + 1 - 1 + ⋯ = ?"

——波尔查诺的"拉郎配"

这里有一个级数 $S = 1 - 1 + 1 - 1 + \cdots$。现在问，$S = ?$

如果按照 $S = 1 - (1 - 1) - (1 - 1) - \cdots$来分组，就得到 $S = 1$。

如果按照 $S = (1 - 1) + (1 - 1) + \cdots$来分组，则得到 $S = 0$。

意大利数学家格兰迪（1671—1742）则在《圆和双曲线求积》中辩解说，得到 $S = 1$ 和 $S = 0$ 的可能性是相等的，所以正确的答案是 $S = \frac{1+0}{2} = \frac{1}{2}$。他还用一个现实生活中的例子来说明 $S = \frac{1}{2}$ 和 $S = 0$ 的"正确性"：两个儿子继承父亲的一块宝石，他们轮流保存这块宝石 1 年，于是他们各拥有宝石的一半；另一方面，$(1 - 1) + (1 - 1) + \cdots = 0$，所以世界确实是从空无一物中创造出来的。

欧拉得到 $\frac{1}{2}$ 的方法如下。他在得到等式 $1 + x + x^2 + x^3 + \cdots = \frac{1}{1-x}$ 之后，设其中的 $x = -1$，于是就有 $S = 1 - 1 + 1 - 1 + 1 - \cdots = \frac{1}{2}$。

当然，另外有多种方法也可以得到 $\frac{1}{2}$。例如，一种是把 $1 - 1 + 1 - 1 + \cdots$ 看作是首项为 1，公比为 -1 的无穷等比级数，就得到 $S = \frac{1}{1-(-1)} = \frac{1}{2}$。另一种是 $S = 1 - (1 - 1 + 1 - 1 + \cdots) = 1 - S$，即 $S = 1 - S$，从而得到 $S = \frac{1}{2}$。

此外，莱布尼茨、雅科布·伯努利（1654—1705）、约翰·伯努利

（1667—1748）、拉格朗日（1736—1813）、泊松（1781—1840）也接受 $S = 1/2$ 的观点。

这个著名的 S 问题，在捷克数学家兼哲学家和神学家波尔查诺（1781—1848）写的《无穷大的悖论》中有记载，所以被称为"波尔查诺悖论"。这本他去世前 18 天才写成的著名的小书，在他死后 3 年即 1851 年才出版。遗憾的是，他的大作在许多年后才受到人们的重视。德国数学家康托尔在《集合论》一书中，就称赞波尔查诺是"集合论的开路先锋"。

波尔查诺

那么，S 究竟等于 1，0 呢，还是等于 1/2 呢？当时，包括像欧拉、法国的傅里叶（1768—1830）这样的大数学家们，都迷惑不解，忧虑愁苦了许多年。

直到 19 世纪下半叶，康托尔为"无穷大算术"奠基之后，这个问题才被彻底解决。正确的答案是，这种"无穷和"的运算，不能像我们经常用的"有限和"那样搞"拉郎配"随便"结合"或者"交换"——"无穷数学"中没有"结合律"和"交换律"。

近现代数学可以证明，S 是发散的，即这个"和"根本就不存在。

像上述求 S 这样的问题并非绝无仅有。求"$M = 1 - 2 + 4 - 8 + 16 - 32 + 64 - \cdots = ?$"又是一个。

按照 $M = 1 + (-2 + 4) + (-8 + 16) + (-32 + 64) + \cdots$ 这样来配对，那 $M = 1 + 2 + 8 + 32 + \cdots = \infty$。

按照 $M = (1 - 2) + (4 - 8) + (16 - 32) + \cdots$ 这样来配对，那 $M = -1 - 4 - 16 - \cdots = -\infty$。

再按照 $M = (1 + 4 + 16 + \cdots) - (2 + 8 + 32 + \cdots)$ 来算，$M = \infty - \infty = 0$。

最后，按照 $M = 1 - 2 \times (1 - 2 + 4 - 8 + 16 - \cdots) = 1 - 2M$ 来算，$M = 1/3$。

由于我们错误使用"结合律"的"包办婚姻",竟得到 4 种不同的结果!不过,相信您能从前面的 S 问题得到"$M = ?$"的正确答案。

另一个错误使用"结合律"的例子是求

$$N = \frac{1}{1 \times 3} + \frac{1}{3 \times 5} + \frac{1}{5 \times 7} + \cdots = ?$$

第一种错误的算法是:

$$N = \left(\frac{1}{1} - \frac{2}{3} \right) + \left(\frac{2}{3} - \frac{3}{5} \right) + \left(\frac{3}{5} - \frac{4}{7} \right) + \cdots$$

$$= 1 - \left(\frac{2}{3} - \frac{2}{3} \right) - \left(\frac{3}{5} - \frac{3}{5} \right) - \left(\frac{4}{7} - \frac{4}{7} \right) - \cdots$$

$$= 1 \, 。$$

第二种错误的算法是:

$$N = \frac{\frac{1}{1} - \frac{1}{3}}{2} + \frac{\frac{1}{3} - \frac{1}{5}}{2} + \frac{\frac{1}{5} - \frac{1}{7}}{2} + \cdots$$

$$= \frac{1}{2} - \left(\frac{1}{6} - \frac{1}{6} \right) - \left(\frac{1}{10} - \frac{1}{10} \right) - \left(\frac{1}{14} - \frac{1}{14} \right) - \cdots$$

$$= \frac{1}{2} \, 。$$

…………

不过,对于这些今天看起来是正确的说法,我们并不能找到确定无疑的证明,使所有的人都心悦诚服。正如意大利科学家、艺术家达·芬奇(1452—1519)所说:"有样东西不能证明自己,而且一旦它能够证明自己,它就不复存在。这个东西是什么?它就是无穷大!"

对于经常把我们"引入歧途"的无穷大,亨利·沃兹沃斯·朗费罗(1807—1882)却写诗赞美:

>"在天堂的无限大地中,
>
>静静地开放着,
>
>一颗又一颗可爱的小星星,
>
>它们是天使的勿忘草。"

3/2 = 1 吗
——传统加法面前的"无穷和"

我们知道，交错级数 1/1 - 1/2 + 1/3 - 1/4 + 1/5 - 1/6 + 1/7 - 1/8 + …收敛于 ln 2——这里，ln 2 表示 2 的自然对数。即

①1/1 - 1/2 + 1/3 - 1/4 + 1/5 - 1/6 + 1/7 - 1/8… = ln 2

把①两边乘以 1/2，就得到

②1/2 - 1/4 + 1/6 - 1/8 + 1/10 - 1/12 + 1/14 - 1/16 + … = (ln 2) /2

现在，把①和②两边分别相加，就得到

③1/1 + 1/3 - 1/2 + 1/5 + 1/7 - 1/4 + 1/9 + 1/11 - 1/6 + … = 3 (ln 2) /2

这时，可以看到③的左边和①的左边完全一样，只不过排列顺序不同而已。然而，③的值却是①的值的 3/2 倍。这样，我们就"证明"了 3 (ln 2) /2 = ln 2，即 3/2 = 1。

怎么会有 3/2 = 1 的错误结果呢？显然，这又是一个"无穷和悖论"。

对此，美籍德国数学家、教育家里查德·柯朗（1888—1972）在他的微积分学论文中写道："很容易想象出，这种明显的悖论的发现对18 世纪的数学家带来什么样的影响，他们习惯于运算无穷级数而不考虑它们的收敛。"

出现这种悖论现象的原因是：级数 1 - 1/2 + 1/3 - 1/4 + …之所以收敛，只是因为它的项有交错变化的正负号，因此可以部分地相互

"补偿"；如果我们取这些项的绝对值的时候，就会得到发散的调和级数。

这是两类收敛级数之间的一个主要区别：收敛过程与各项的正负号无关的级数——绝对收敛级数，以及其收敛仅仅是因为各项的正负号交错变化的级数——条件收敛级数。

正是前一类级数代表了收敛的较强类型，在这里之所以发生收敛，是因为它的项自身可足够快地逼近零。微积分学已证明，只有在绝对收敛级数中，各项的重排才不影响它的和。

我们在这里再一次体会到，对有限计算总是有效的普通算术规则，在牵涉无穷大的时候，"一不小心"就可能失灵。难怪，古希腊人会"害怕无穷大"（horror infiniti），因为"无穷大是人类大脑无法领会的那个没有边际的维度"。

从欧拉到伯努利
——形形色色的"无穷和"悖论

利用牛顿二项式定理可得 $(1+x)^n = 1 + nx + \dfrac{n(n-1)}{2!}x^2 + \cdots +$

$\dfrac{n(n-1)\cdots(n-k+1)}{k!}x^k + \cdots$，瑞士大数学家欧拉曾经将 $(1-x)^{-1}$

展开，并设 $x=2$，就得到 $-1 = 1 + 2 + 4 + 8 + \cdots$。他认为，这个结论虽然荒谬，但是"不得不接受"。

那么，推算的失误在哪里呢？

问题出在二项式定理的适用条件上。只有当 $|x| < 1$ 时，二项式定理才成立，而上例中 $x=2$，已不满足 $|x| < 1$ 的条件了。由此可见，忽略了公式的适用范围，盲目地乱用分析的方法进行纯形式的推演，是欧拉失误的原因。

当 $x \neq 1$ 的时候，欧拉还把幂级数

$$①\ x + x^2 + x^3 \cdots = x/(1-x)$$

与

$$②\ 1 + 1/x + 1/x^2 + 1/x^3 \cdots = x/(x-1)$$

两边分别相加，就得到

$$(x + x^2 + x^3 \cdots) + (1 + 1/x + 1/x^2 + 1/x^3 \cdots)$$

$$= x/(1-x) + x/(x-1)$$

$$= 0$$

就是③ $(x + x^2 + x^3 \cdots) + (1 + 1/x + 1/x^2 + 1/x^3 \cdots) = 0$。

那么，③是否成立呢？

当 x 是正数的时候，③的左边显然是正数，但右边却是 0。所以，③是一个不成立的荒谬的式子。

此外，欧拉还得到过 $0 = 1^n - 2^n + 3^n - 4^n + \cdots$（$n$ 为正整数）这种"可怕的公式"。

当然，这种错误——我们把它统称为"欧拉悖论"，并不是欧拉的"专利"。

雅科布·伯努利

早于欧拉的瑞士数学家雅科布·伯努利（1654—1705），在 1689—1704 年间，写了 5 篇关于"无穷和"方面的论文。1689 年，他在第一篇论文中成功地论证了

$$1 + \frac{1}{\sqrt{2}} + \frac{1}{\sqrt{3}} + \frac{1}{\sqrt{4}} + \cdots = \infty$$

但是，在 1692 年，他的第二篇论文中就不谨慎了，竟推出了荒谬的

$$1 + \frac{1}{2} + \frac{1}{3} + \frac{1}{4} + \cdots = 2\left(1 + \frac{1}{3} + \frac{1}{5} + \frac{1}{7} + \cdots\right)$$

而他在 1696 年的第三篇论文中又推出

$$\frac{n}{2m} = \frac{n}{m} - \frac{n}{m} + \frac{n}{m} - \frac{n}{m} + \cdots$$

他把这个式子称为"有趣的悖论"——我们叫它"伯努利悖论"。

"无穷"的奥秘的确是无穷的，怪不得美国普林斯顿高级研究所的德国数学家、物理学家赫尔曼·克劳斯·雨果·韦尔（1885—1955）教授说："数学就是讲授无穷的科学。"如果不谨慎，我们也会在"无穷"面前"栽跟斗"——像欧拉和雅科布·伯努利那样。

欧拉

欧拉和雅科布·伯努利的错误，在当时的历史条件下是可以原谅的，因为正如英国哲学家托马斯·霍布斯（1588—1679）所说："当我们说一个东西是无穷大的时候，这仅仅意味着我们不能感知到所指事物的终点或边界。"

我们是合格的中学生吗

——综合除法里的似是而非

在中学数学中，我们学过多项式的"综合除法"，那么现在就来做一个吧。

题目：计算 $1/(1+x)$。

计算：

$$1+x \overline{\smash{\big)}\,\begin{aligned}&1-x+x^2-x^3\cdots\\ &1\\ &\underline{1+x}\\ &\quad-x\\ &\quad\underline{-x-x^2}\\ &\qquad x^2\\ &\qquad\underline{x^2+x^3}\\ &\qquad\quad-x^3\\ &\qquad\quad\cdots\end{aligned}}$$

答案：$1/(1+x)=1-x+x^2-x^3+x^4-\cdots$

这个答案对不对呢？

我们设 $x=1$，那么等式左边是 $1/(1+1)=1/2$，等式右边是 $1-1+1^2-1^3+1^4-\cdots=1-1+1-1+1-\cdots$这个我们在前面提到过的式子。

我们再设 $x=2$，那么等式左边是 $1/(1+2)=1/3$，等式右边是 $1-2+2^2-2^3+2^4-\cdots=1-2+4-8+16-\cdots$这个我们在前面也提到过的式子。

显然，$1/(1+x)=1-x+x^2-x^3+x^4-\cdots$并不正确。

这又是一个悖论——"综合除法悖论"。

$4 = 2$、$a + b = b$（$\neq 0$）和 $2 = 1$
——0 能做除数吗

我们先看下面三个计算。

① 由 $4x + 2 = 2x + 4 \rightarrow 4x - 4 = 2x - 2 \rightarrow 4(x - 1) = 2(x - 1) \rightarrow 4 = 2$。

这里的错误在于，$4x + 2 = 2x + 4$ 只有在 $x = 1$ 时才成立，而此时 $x - 1 = 0$。可见 0 做了除数。

② 设 $a = b$（$\neq 0$），用 a 乘以等式两边，得到 $a^2 = ab$，等式两边同减 b^2，得 $a^2 - b^2 = ab - b^2$，因式分解后有 $(a + b)(a - b) = b(a - b)$，两边分别除以 $(a - b)$，就得到 $a + b = b$。显然，由于 a 和 b 都不等于 0，所以 $a + b = b$ 不成立。

这个推算过程中的错误在于，由 $a = b$ 得知 $(a - b) = 0$。可见 0 也做了除数。

③ 如果把②里的 $a + b = b$ 中的 a 用假设条件 $a = b$ 换为 b，就得到 $2b = b$，即 $2 = 1$。

这里的错误是②"遗留"下来的。

这三个荒谬的结果（我们称为"0 除数悖论"）说明，0 确实不能做除数。

不过"0 不能做除数"这个规则也是来之不易的。1750 年，瑞士数学家欧拉在他的《代数学》一书中说，$1/0 = \infty$，还说：毫无疑问，$2/0$ 是 $1/0$ 的 2 倍。由此可见，著名数学家欧拉也曾用 0 做除数而谬以千里。

一箭双雕的"证明"
——都是"0做除数"惹的祸

假设 $x=1$。现在，我们用这一支"箭"来射两只"雕"。

把 $x=1$ 两边同时乘以 x，就得到 $x^2=x$；两边减去 1，得到 $x^2-1=x-1$。

再把 x^2-1 分解为 $(x+1)(x-1)$，$x^2-1=x-1$ 就变成了 $(x+1)(x-1)=x-1$。

最后，用 $(x-1)$ 去除这个式子两边，就得到 $x+1=1$。

这样，就可以由 $x+1=1$ 得到两个结果。

一个是，直接由 $x+1=1$ 得到 $x=0$。这与题设 $x=1$ 矛盾。

另一个是，由于 $x=1$，就得到 $1+1=1$，即 $2=1$。这显然是错误的。

当然，我们不难发现，这些"矛盾"和"错误"，都是"0做除数"惹的祸——我们"用 $(x-1)$ 去除这个式子两边"的时候，就用了"0做除数"。

像这种"证明"，不但看上去荒谬，而且"证明"本身和由它得出的结论，都是错误的。这种悖论，称为"悖而且谬"的悖论。我们说过的几个芝诺悖论，也是这类悖论。

与"悖而且谬"的悖论相应的，是"悖而不谬"的悖论和"真正的悖论"。

"悖而不谬"的悖论的特点是，乍看上去的荒谬，经过推理之后将不复存在。我们说过的理发师悖论——不存在只为不给自己理发的人理发的理发师，就是这类悖论。

"真正的悖论"的著名例子是我们说过的罗素悖论。

事实上，理发师悖论和罗素悖论在结构上是相同的——罗素本人也用理发师悖论来作为罗素悖论的"通俗版"。

不过，一些学者依然把它们做了上述区分——分别归入"悖而不谬"的悖论和"真正的悖论"。他们的理由是，就罗素悖论而言："对于这样一个'根本原则'实施这种手术，将不可避免地在集合论这一基础领域中引发一场革命。这个后果是理发师悖论无法比拟的。"这里的"根本原则"是：对于任何给定的条件，都存在着其元素满足这条件的集合。

2 > 3 的"喜剧"
——有趣的"对数悖论"

证明 2 > 3，是对数的一个"喜剧"。

"喜剧"的"揭幕"是平淡无奇的 $1/4 > 1/8$。

接下来的"剧情"也很平常：$(1/2)^2 > (1/2)^3$。

由于较大的数的对数也较大，所以把这个式子两边取常用对数之后，就有 $\lg(1/2)^2 > \lg(1/2)^3$ 或 $2\lg(1/2) > 3\lg(1/2)$。把它的两边约去 $\lg(1/2)$，就得到 2 > 3。

当然，这个"落幕"明显是错误的——"喜剧"变成了"悲剧"。2 > 3，这就是"对数悖论"。

我们相信，"小小"中学生的你我，也能找出"喜剧"之所以变成"悲剧"的原因，并得到相应的"教训"。

但是，与大名鼎鼎的欧拉同时代的一些人，就"不如"我们了。他们说，由于 $(-x)^2 = x^2$，当 $x \neq 0$ 时，$\lg(-x)^2$ 和 $\lg x^2$ 都有意义，所以 $\lg(-x)^2 = \lg x^2$。又由对数公式 $\lg N^n = n\lg N$ 可知，$\lg(-x)^2 = \lg x^2$ 可变形为 $2\lg(-x) = 2\lg x$，从而有 $\lg(-x) = \lg x$。于是，得到 $-x = x$。欧拉问："他们错在哪里？"$\lg(-x) = \lg x$ 这个"数学怪物"是怎么得到的？

其实，"犯规"就在 $\lg(-x)^2 = \lg x^2$ 变为 $2\lg(-x) = 2\lg x$ 这一步上。

事实上，$\lg(-x)^2 = \lg x^2$ 应变为 $2\lg|-x| = 2\lg|x|$。因为我

们知道，不管 x 为正数或负数，$-x$ 和 x 总有一个是负数，从而使 $\lg(-x)$ 和 $\lg x$ 总有一个是负数而"没有意义"——真数 N 必须大于 0。

所以，我们在使用对数运算法则公式 $\lg N^n = n\lg N$ 的时候必须注意，当 n 是偶数，又不能确定 N 的正负时，必须写成 $\lg N^n = n\lg|N|$，以防止从 $\lg(-x) = \lg x$ 而得到 $-x = x$ 这一类的悖谬。

"挥手从兹去"
——有趣的"抛球悖论"

春光明媚，小王和小李在球场上玩抛球的游戏。

小王用 2 秒的时间把球抛给小李，小李接球后用 1 秒的时间把球抛给小王，小王接球后用 1/2 秒把球抛给小李，小李接球后用 1/4 秒把球抛给小王……如此依次时间减半往返无穷次抛球。问：最后，球落在谁的手中？

小王和小李抛球

初看起来，这是一道难题，但用计算等比级数和的公式，算一算篮球运动的总时间是 $2+1+1/2+1/4+\cdots=2/(1-1/2)=4$（秒）。可见，4 秒钟之后，篮球的运动就停止了。

既然 4 秒钟之后，抛球游戏就结束了，那此时球落在谁的手中呢？

谁也不知道这个答案，因为球落在小王或小李手中的可能都存在——没有确切的答案。

这一答案真是不可思议！正如科学家普里斯特所说："悖论中充满着令人惊奇的内容。"这位年轻的数理逻辑专家在 1979 年号召："应当接受悖论，学会与悖论和睦相处。"

一道"严密"的数学题，竟没有确切的答案，这是一个使我们"脸上无光"的结果。然而，这正是悖论的魅力所在。

类似的例子还有好多。

在 1970 年，英国哲学家汤姆森（J. Tomson）提出了一个类似的

"电灯问题"：有一盏电灯，开 1 分钟，关 0.5 分钟，再开 0.25 分钟，关 0.125 分钟……问 2 分钟之后，电灯是亮着的还是熄灭的？

和"电灯问题"类似的是"玻璃球问题"。超级实验室里的机器人正忙个不停，用 1 分钟把 1 个玻璃球从 A 盘移到 B 盘，用 0.5 分钟把玻璃球从 B 盘移回 A 盘，用 0.25 分钟把玻璃球从 A 盘移到 B 盘，用 0.125 分钟把玻璃球从 B 盘移回 A 盘……问 2 分钟之后，玻璃球是在 A 盘还是 B 盘？

以上两个都是没有确切答案或者说不可判定的问题。这对我们来说，真是"祸不单行"。

为什么以上问题都没有确切答案呢？我们以"电灯问题"为例加以说明。

显然，电灯开关的每个奇数次动作，电灯就亮着；每个偶数次动作，电灯就熄灭。要判定电灯是亮着还是熄灭，就要看它"最后一次"是处在奇数次动作之下还是偶数次动作之下。然而，整个过程在 2 分钟之后即开关动作结束的时候，根本就不存在"最后一次"——如果硬要说有的话，是无穷大。

麻雀飞到了哪里

——"广义芝诺悖论"

两个自行车各自从相距 1 千米的两点相向匀速而行，速度都是 2 千米/时。一只麻雀在两个骑自行车的人之间来回匀速飞行，当两车在中途相遇时，麻雀飞向哪一边？它总共飞行了多少千米？

对这个问题，如果考虑麻雀不停地往返，则计算它的飞行路程 s 比较复杂；但我们用以下巧妙的方法来运算，就非常简单了。

两自行车从两点各自用同等速度相向而行，麻雀在其间来回匀速飞行……

设麻雀的速度为 v，则容易用 $s = vt$ 计算出它共飞了 $v/4$ 千米，因为两车运动的时间 t 与麻雀的飞行的时间相等——都是 1/4 小时。至于麻雀在两车相遇时飞向哪一边，则与抛球悖论相似。这就是"广义芝诺悖论"。

更有趣的是广义芝诺悖论的逆悖论：两个自行车和一只麻雀从相距为 1 千米的 A、B 的中点 C 出发，两车相背匀速行驶，速度也是 2 千米/时，麻雀在两车之间不停地匀速往返，问两车分别到达 A 与 B 时，麻雀在何处？

答案出乎我们的直觉：麻雀可以在两车之间的任何一点。事实上，如果把麻雀放在 A、B 之间任何一点，两车分别从 A、B 相对而行，结果两车及麻雀同时会在 A、B 的中点 C 会合，所以其逆过程则是两车分别行至 A 与 B 时，麻雀可飞到 A、B 之间的任一点处。

它能爬完橡皮绳吗
——"长寿虫悖论"

一只虫子从 1 米长的橡皮绳的一端，以 1 厘米/秒的速度爬向另一端，橡皮绳同时均匀地以每秒伸长 1 米的速度向相同方向无限制地延伸。

现在，我们问：虫子会爬到另一端吗？

虫子每前进 1 厘米的同时，另一端却拉远了 1 米。似乎显然"前进"抵不上"疏远"，怕是永远爬不到"近在咫尺"的尽头了！

那我们来仔细算算看。

第 1 秒，虫子爬了绳子总长度的 1/100；

第 2 秒，虫子爬了绳子总长度的 1/200；

…………

第 w 秒，虫子爬了绳子总长度的 1/ $(100w)$。

这样，在前 w 秒，虫子爬的总路程占绳子总长度的比例就是

$$\frac{1}{100} + \frac{1}{200} + \frac{1}{300} + \cdots + \frac{1}{100w} = \frac{1}{100}\left(1 + \frac{1}{2} + \frac{1}{3} + \cdots + \frac{1}{w}\right)。$$

这个式子中括号里的级数是我们熟悉的调和级数，它是发散的——它的部分和"要多大就可以有多大"。当括号里的数大于 100 的时候，

$$\frac{1}{100}\left(1 + \frac{1}{2} + \frac{1}{3} + \cdots + \frac{1}{w}\right) > 1。$$

此时，虫子就爬到了绳子的另一端。

由此可见，前面"永远爬不到"的猜想，基于不可靠的直觉，是"不正确"的。

不过，这种说法还引出另外一个问题。

可以算出，虫子爬到绳子的另一端需要 $2^{143} \sim 2^{144}$ 秒——一个"超级天文数字"！这个数字用科学计数法表示，大约是 2.7×10^{43} 秒。

这样看来，这个虫子要到达"终点"，就要爬到"宇宙毁灭"之后了——此时，它早已不存在了！这样看来，"能爬到"的观点，基于纯数学推理，也是"不正确"的。

这个"长寿虫悖论"，反射出"直觉"和"纯数学推理"之间的矛盾。

男士多还是女士多
——迷惑人的"异性悖论"

两个大客车上都坐了 60 位乘客。除了司机，甲车上都是男士，乙车上都是女士。

后来，甲车上有 30 名男士转上了乙车。接着，从乙车下去 30 名乘客上了甲车，但不知其中男女各有多少。

现在问，不考虑司机，哪辆车上的异性多？当然，这个问题还有以下两种类似的问法：甲车上的女士和乙车上的男士哪个多，甲车上的男士和乙车上的女士哪个多？

如果不假思索，就可能认为乙车的异性多——至少不会少于甲车。"理由"是，开始的时候，甲车 30 个男性上了乙车，但后来乙车上甲车的人却不一定是 30 个女士，所以乙车的异性不会少于甲车。

其实，这是一种思维单向性的误导——只考虑了乙车上的情况。这就是迷惑人的"异性悖论"。

事实上，最后两车上的异性一样多。

"明明"乙车的异性"不少于"甲车，却偏偏要说"两车上的异性一样多"，这又是怎么回事呢？

"两车上的异性一样多"这个有趣的结果，相信读者经过一番认真的逻辑推理即可证明。这里的简单提示是：不管怎么乘坐，从"结果"来看，两个车上的男乘客总数和女乘客总数会变吗？

无独有偶，一些人在解答一个古老的智力题的过程中，也免不了产生类似于异性悖论的悖论——我们姑且把它叫作"酒水悖论"。

　　这个老智力题就是这里要说的"酒水难题"。有一杯水 A 和一杯等量的纯酒精 B，用勺子把 A 中的水舀一勺倒入 B 中，搅拌均匀；再从 B 中舀一勺（和刚才舀的一勺严格等量）"酒精水混合液"倒回 A。现在要问，是 A 中的酒精多，还是 B 中的水多？或者问，是 A 中的水多，还是 B 中的酒精多？

　　一些人还真被这"难题"给难住了——他们把舀的过程用方程来描述，结果弄得很复杂。

　　其实，这个问题如果也从"结果"来看，和前面"男士多还是女士多"的问题一样简单：A 中有多少酒精，B 中必有多少水；或者说 A 中有多少水，B 中必有多少酒精。因为不管你怎样"折腾"，水和酒精的总量不变。

　　现在，再告诉你一个似乎更难以置信的、"惊人"的结论：不管你一次倒多少，也不管你是否搅拌均匀，甚至可以给你"打折优惠"——最后两个杯子中的液体不一定相等，甚至某个杯子中一点液体也没有，结果依然是 A 中有多少酒精，B 中必有多少水；或者说 A 中有多少水，B 中必有多少酒精。这个结论当然也适用于"男士多还是女士多"的问题。相信聪明的你，能给出正确的解释。

　　解决某些看似复杂的问题，有时不一定要去研究复杂的"过程"，而就看简单的"结果"就可以了。这是一种解题方法，也是一种科学方法。

$5 \times 0 = 3 \times 0 \rightarrow 5 = 3$
——神学与科学之战

17 世纪后半叶，牛顿和莱布尼茨各自独立完成了微积分。

1734 年，英国著名的主观唯心主义哲
学家、大主教贝克莱（1685—1753），出版
了一本题目很长的、简称为《分析学家》
的书，署名为"渺小的哲学家"。

贝克莱在书中对当时的微积分进行了
贝克莱和他的《分析学家》
封面
猛烈的攻击。他质问道，"无穷小"究竟是
0，还是非 0？如果是 0，那么 $\mathrm{d}y/\mathrm{d}x = 0/0$，
没有意义。如果是非 0，牛顿和莱布尼茨舍弃了无穷小，所得结果应是
近似值；但为什么经过物理实验检验，却又都是准确值呢？

贝克莱又说，按照当时的微积分理论，0 是可以做除数的，这样将
$5 \times 0 = 3 \times 0$ 这个等式两边同时除以 0，就得到 $5 = 3$，这显然是荒谬的；
因为这里的 0，就是牛顿时而视为 0，时而又不视为 0 的"无穷小"，
也就是牛顿招之即来，挥之即去的 0 或无穷小。

这样，当时的微积分就面临矛盾的、尴尬的局面。一方面，根据
当时的微积分理论，得到的一些结果是正确的，且经过物理实验检验，
都是准确的。另一方面，根据当时的微积分理论，又会得出贝克莱指
出的那些例如 $5 = 3$ 的荒唐结果。

贝克莱对微积分的这一发难引出的悖论，被称为"无穷小悖论"，
也叫"贝克莱悖论"。

当时的数学家们虽然各执一词，但都不能给出满意的答案。于是，微积分的基础开始动摇——"第二次数学危机"开始了。

魏尔斯特拉斯

经过许多数学家100多年的努力，直到19世纪下半叶，才形成了完整的微积分基本概念和定理，使"第二次数学危机"基本上得到解决。举例来说，德国数学家魏尔斯特拉斯（1815—1897）就于1856年在柏林大学的一次讲演中，首次用"$\varepsilon-\delta$"语言为微积分的严格化做出了重大贡献。"$\varepsilon-\delta$"语言完全避免了牛顿当年一会儿把0视为无穷小，一会儿又视为0的尴尬局面。以"求增量、算比值、取极限"的"三部曲"求导数，彻底解决了贝克莱悖论。

微积分终于夯实了脆弱的理论基础，走出冬寒，走进春暖……

不是数学家的贝克莱，从害怕在微积分帮助下的自然科学的发展会对宗教信仰构成日益增长的威胁出发，攻击微积分，但最终却"成全"了微积分的发展。这不但是科学史上的趣事，而且还告诉我们，敌人的攻击有时倒是有益的——这就是科技对手的价值之一。

它和生日如影随形

——无处不在的数字9

9是一个具有很多神秘性质的数。它一定隐藏在每个人的生日中，不信请看。

华盛顿出生在1732年2月22日。按美国的习惯，其中的数字可写成图中黑板上的数2 221 732。

现在，把这个七位数各数字的次序重新排列，就可以构成许多个不同的数。如果任意取两个这样的数，用较大的数减去较小的数，得到一个差。如果这个差是9以上的数，就把这个差中的各个数字加起来，得到一个和。如果这个和仍然是9以上的

2 221 732减去用它的各数任意重排后的1 232 272

数，那么，再将它的各个数字加起来，一直加到它们的和为一位数为止。最后的结果必然是9。

下面，以华盛顿生日作为计算实例。任意取的两个数为3 222 217和2 221 732，那么这两个数相减就是3 222 217 - 2 221 732 = 1 000 485，再把这个差的各个数加起来，就得1 + 0 + 0 + 0 + 4 + 8 + 5 = 18，再把1和8加起来就得到9。

事实上，对任何一个人的生日做上述计算，最后都可得到9。

那为什么人的生日总和数字9而不是其余的9个阿拉伯数字有着看似神秘的关系呢？

这是一则关于数的悖论，我们不妨把它称为"生日恋9悖论"。

这种"悖论"的奥秘就在如果把任意一个9以上的数（例如322 217）进行上述计算，一直到最后的数字的和是个位数为止（如$3+2+2+2+1+7=17$，$1+7=8$，8为个位数），这个最后的数被称为"数字根"（如8，称为322 217的"数字根"）。这个数字根必定等于322 217除以9之后的余数，即$322\ 217/9=35\ 801$余8。对于任何一个9以上的数A，不管它的各个数字如何排列，这些数字所形成的新数B的数字根是不变的。当A和B相减时，必定会把数字根消去，剩下的数必定是9了。

由此可见，不但"生日恋9"，任何9以上的数都"恋9"——我们不妨把它叫作"大数恋9悖论"。

油漆工的疑问
——体积有限而面积无限

在图1中，数学工作者们用微积分方法，求得双曲线 $xy = 6$、$x = 2$ 和 x 轴之间围成的图形的面积 S 是无穷大。

把图1中的图形绕 x 轴旋转，就得到图 2 所示的"实心喇叭"旋转体。数学工作者们也用微积分方法，求得这个旋转体的体积 V 是 18π（π 是圆周率）。

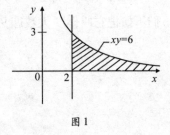

图 1

现在，一个油漆工有疑问了：一方面，图1中的 S 是无穷大，就要用无限多的油漆才能把这个图形覆盖；另一方面，图 2 中那个外表面是这个图形的、体积有限的"实心喇叭"掏空后的"空心喇叭"，却只能装 18π 的油漆。这不是自相矛盾吗？这就是著名的"油漆悖论"。

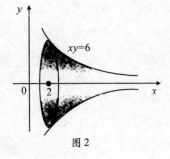

图 2

据说，油漆悖论至今还没有比较"初等"的解释，使数学界很无奈。

曾有学者对油漆悖论给出了解释，主要内容如下。

因为每个油漆分子都有大于 0 的直径 d，所以即使只在图1中的图形上覆盖一层油漆分子，也会消耗 $2Sd$ 那么无限多的油漆，因为 S 是无穷大。

用油漆灌满"空心喇叭"时，图1中的图形只是和一些油漆分子相切，不能说是在这个平面上覆盖了一层漆。另外，S 在"空心喇叭"表面并不占有大于 0 的体积，因为在三维空间中，平面只有面积，没有体积。

也就是说，"S 是无穷大"和"V 是 18π"这个结果，毫无矛盾。

三角形都是"克隆"的吗
——捉弄人的"正三角形"

可能你不相信，我们能"证明"任何一个△都是正△。

在图 1 的 △ABC 中，作 ∠B 的角平分线 BD，再作边 AC 的垂直平分线 FE，垂足是 F，两条线相交于 E。

为了在下面的证明中看得更清楚，我们把图 1 换成图 2。

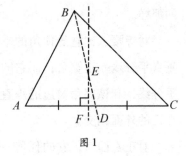

图 1

在图 2 中，从 E 分别向边 AB、BC 作垂线 EG、EH。这样，在直角 △BGE 和直角 △BHE 中，由于 ∠1 = ∠2，BE 是公共边，所以这两个 △ 全等。就得到：①EG = EH。

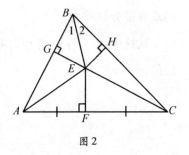

图 2

在直角 △AEG 和直角 △CEH 中，根据①知道 EG = EH，又由于 AE = CE（因为 E 是垂直平分线上的一点），所以这两个 △ 也全等。就得到：②AG = CH。

根据①和②，就证明了：③AB = CB。

用与上面同样的作图和证明方法，就可以证明：④AB = AC。

根据③和④，就得到 AB = CB = AC。这就证明了 △ABC 是正△。

重复同样的作图和证明方法，可以证明其他任何一个 △，都是正△，所以任何 △ 都是"克隆"的。

当然，这个结果明显和前面说的△ABC 是任意△的假设相矛盾，于是就有了"正三角形悖论"。

你能找出这个悖论的悖谬之处吗？

原来，我们的错误不在于证明的过程和方法，而是在图 1 中作辅助线时的"南粮北调"——把本来应该在△外的交点 E，移到△内来了。

事实上，对任何任意△，它的任何一个角 B 的平分线 BE，和这个角所对边的垂直平分线 FE，一定在△的外面相交——像图 3 表示的那样。

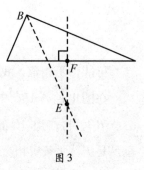

图 3

对等腰△，它的顶角的平分线，和底边的垂直平分线一定重合；而它的任何一个底角的平分线，和该底角对边的垂直平分线，也一定在△的外面相交。

对正△而言，它的任何一个角的平分线，一定都和这个角所对边的垂直平分线重合。

从这个例子可以看出，我们在进行几何作图的时候，是不能马虎的。

"魔术师" 的地毯
——离奇的 "拼块"

一个边长为 8 的正方形地毯，面积是 64，把它按图 1 切成 4 块之后，照图 2 拼成一个矩形。但这一拼却使人大吃一惊：原来的面积 64 变成了 $5 \times 13 = 65$！

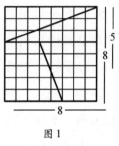

图 1

这就是英国数学家刘易斯·卡罗尔（1832—1898）的杰作—— 一个著名的数学 "魔术"。"魔术师" 卡罗尔宣称，几何图形被分割成有限块以后，面积不一定保持不变。

以前没有见过这个把戏的读者，应当暂停往下看，试着找出其中的 "捣蛋鬼"，以锻炼自己的智力。

就是这个 "一般的原理"，已经被用来创作诸如此类图形的 "分割悖论" ——或者叫 "拼块悖论" "拼图悖论"。由于图 1 貌似棋盘，所以又叫 "棋盘格悖论"。

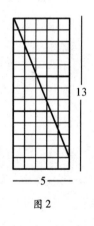

图 2

那么，这面积为什么会多出 1 个单位呢？

我们还是用 "放大镜" 来看一看吧。

把图 1 放大成图 3，把图 2 放大成图 4（旋转了 90°），你就不难看出卡罗尔的 "阴谋诡计" 了。

原来，卡罗尔故意把图画得较小，而且线条很粗，以便在图 2 中把图 4 中间那块两头尖的 "空地" ——实际是一个狭长的平行四边形，

"偷梁换柱"成粗大的"对角线"。

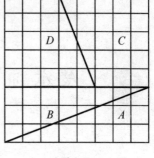

图3

啊！明白了，原来图2之所以多出1个面积单位，是因为加了这块图1没有的"空地"——它的面积刚好是1！

从图1（或图3）可以看出，8被分成了3和5。

这里还有六个问题：为什么卡罗尔偏偏要选择边长是8的正方形来演这个把戏呢？

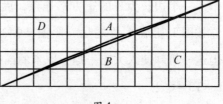

图4

8为什么要被分成3和5呢？边长是其他数值的正方形又可不可以演这个把戏呢？有没有类似的把戏呢？面积可不可以变大呢？不用正方形可不可以演这类把戏呢？

还是歇一会儿吧，我们将在接下来的故事里，陆陆续续来回答这些问题。

"魔毯"主角是斐波那契

—— 一支旋律固定的歌

现在，我们来看一看上面那个故事涉及的数字 5，8，13。啊，似乎有"规律"：5 + 8 = 13！

先别得意，还是来看一看这 5 + 8 = 13 是不是巧合吧。

首先看小于 5 的数，按我们的"规律"，应该是 3，因为 3 + 5 = 8 嘛。

那么，我们就用边长是 5 的正方形来试一试。

成了！边长是 5、面积是 25 的正方形图 1，变成了图 2！如果把图 2 中的"对角线"，照刘易斯·卡罗尔那样画成粗大线条的话，就不容易看出我们"弄虚作假"了。

图 1 中的 5 被分成了 2 和 3。

啊！仔细一看，有点"不对劲"了，怎么图 2 的面积只有 3 × 8 = 24 了呢？怎么这次不是多出而是少了 1 个面积单位呢？

我们容易凭上一个故事中的"经验"，猜想一定是在"对角线"那里有一个狭长平行四边形的重叠——而不是"空地"。当然，这个狭长平行四边形要"胖"点。

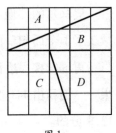

图 1

我们暂时还不能回答不是多而是少了 1 个面积单位的问题，那就先探寻一下其他数字的边长的情形吧。

显然，下一个应该探寻边长是 5 + 8 = 13 的正方形。

"我的朋友，我想请您把图3的边长是13的正方形地毯分成4块，再把它们缝合在一起，成为图4那样长21、宽8的地毯。"一天，世界著名的魔术师兰迪对地毯匠奥马尔说。

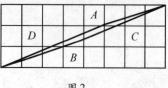

图2

"很遗憾，"奥马尔两手一摊，双肩一耸，回答说，"兰迪先生，您是伟大的魔术家，但是您的算术实在太差了！$13 \times 13 = 169$，而 $21 \times 8 = 168$，这怎么办得到呢？"

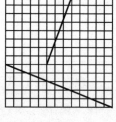

图3

"我亲爱的奥马尔，我——伟大的兰迪是从来不会错的。就劳驾您按图3中的3条粗线把它裁成4块吧。"啊，原来兰迪早有成竹在胸。

奥马尔照兰迪的吩咐做了以后，再把这4块地毯重新摆放，就成了图4的样子。

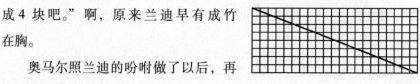

图4

这个有趣的故事，曾经刊登在美国著名的科普杂志《科学美国人》（*Sciencfic American*）上。

奥马尔的"魔术"把图3变成图4之后，面积由169变为168，即减少了1个面积单位。图3中的13是按5和8来分的。

再继续探寻边长是 $8 + 13 = 21$ 的正方形（图5），就得到图6的结果——面积由441变为442，即增加了1个单位。图5中的21是按8和13来分的。

好，由前面的数据就得出规律来了：

对边长是5的正方形，按2和3来分，可拼成 3×8 的长方形，面积减少了1，减少了4.0%；

对边长是8的正方形，按3和5来分，可得到 5×13 的长方形，面积增加了1，约增加了1.6%；

对边长是 13 的正方形，按 5 和 8 来分，可得到 8×21 的长方形，面积减少了 1，约减少了 0.6%；

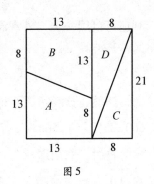

图 5

对边长是 21 的正方形，按 8 和 13 来分，可得到 13×34 的长方形，面积增加了 1，约增加了 0.2%；

…………

可以看出，我们始终在和 2，3，5，8，13，21，34，…这些数为边长的图形打交道；而且正方形的边长越大，变成的长方形减少（或增加）的百分比就越小。那么，这些数难道有什么奥妙吗？有的。

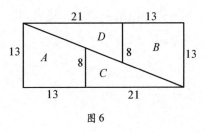

图 6

容易看出，这些数中的每后一个数，都是它前面的两个"邻居"的和——它们是著名的"斐波那契数列"的一部分。

名字是列奥那多·皮舍诺（Leonarod Pisano of Pisa）的斐波那契（Leonarod Fibonacci，约 1170—1230 或约 1175—1250），是意大利数学家，他在 1202 年研究当时流行的兔子生殖后数量如何增加的时候，发现了后人用他的名字命名的数列

斐波那契

1，1，2，3，5，8，13，21，34，55，89，…

由于这类拼图悖论有赖于斐波那契数列奇特的性质，所以我们说，这类拼图悖论的主角是斐波那契，后人就按他当年的固定"旋律"演唱一支支大同小异的"歌"……

显然，这个奇特的性质就是 $F_{n-2}F_n = (F_{n-1})^2 - (-1)^n$。这里，$F_n$ 是斐波那契数列的某一项。例如，我们提到的 $13×34 = 21^2 - (-1)^9$——这里的 9，是指 34 在斐波那契数列的第 9 项。斐波那契数

列还可以用一个"外观漂亮的公式"来表示：

$$F_n = \frac{1}{\sqrt{5}}\left[\left(\frac{1+\sqrt{5}}{2}\right)^n - \left(\frac{1-\sqrt{5}}{2}\right)^n\right]。$$

当然，这类拼图悖论的直接发明者并不是斐波那契，而是出现于600多年后的1868年，在雷普芝格出版的一份数学杂志上。

这时，前面那六个问题中的前五个就可以由读者——你来回答了。你也可以来"演唱下一曲"——分割边长是34的正方形。看你是否得到这样的结果：变成的长方形的面积是 21×55＝1 155，面积减少了1个单位，约减少了0.1%。

"不和谐"的音符
——布雷特高唱"另类歌"

现在，我们来回答前面六个问题中的最后一个问题。答案是，不用正方形也可以演这类把戏。

不用正方形也能演这类"把戏"的，还有法国数学家让·布雷特（Jean Brette）。他是著名的"发现宫"（Palais de la Découverte）——巴黎科学馆的数学方面的负责人。发现宫坐落在巴黎著名建筑"大宫"里，是世界闻名的科技馆，隶属于巴黎大学。法国物理学家让·佩兰（1870—1942）用自己独享的1926年诺贝尔物理学奖的奖金，在1937年兴建了这座科技馆。

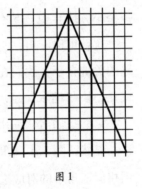

图1

在20世纪90年代，让·布雷特把图1那个三角形分成6个小块，"原封不动"地进行重新组合，就得到图2中的另一个三角形。

图2的三角形和图1的三角形相比，"唯一"不同的是，6个小块的位置变了。可是，我们却大吃一惊：图2"多"出了两个方块！

这两个方块是怎么多出来的呢？

还是先来看下一个类似的例子吧——解答这个悖论的思路和过程会给我们回答上述问题提供启示。

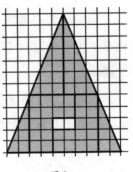

图2

图3中A这个三角形被分为4小块后移到下面，变成B这个三角形，就"多"出了一个空的小方块！这就怪了，怎么"搬家"就会"丢东西"呢？

我们来看是怎么"多"出一个小方块来的——"东西"在"搬家"时是怎么"丢"的。

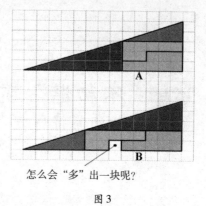

怎么会"多"出一块呢？

图3

设图3中每个小方块的边长为1个长度单位，当然面积也是1个面积单位。A的面积是 $5 \times 13/2 = 32.5$，B的面积（包括"多"出来的那一个小方块）也是 $5 \times 13/2 = 32.5$。

这就可以看出，实际上我们说"多出一个小方块"是错误的。问题的关键在于，我们在把上面的4小块移到下面的过程中，某一小块或几小块"缩水"了。

它们是如何"缩水"的呢？

显然，图3中A和其中左边的"大黑三角形"（高是 h）相似。利用相似三角形的对应边成比例的性质，就可以列出 $h:5 = 8:13$，算得 $h = 40/13 \approx 3.077$。

当把这个"大黑三角形"搬到B的上部时，h 就"缩水"成3了。这个3可不是我们"看"出来的，而是"算"出来的——B的高是5，$5 - 2 = 3$。

当然，图3中A的其余3小块在移到B的过程中，面积也发生了变化。它们是如何变化的？这得请你回答。

好，这个图形的悖论解答了，那请你再接再厉，回头去解答图1布雷特的那个悖论吧！

这类"缩水"的例子，还有一个。

把图4左边的正方形分成编号为从①~⑤的5块，"搬迁"（①不动）成右边的"正方形"以后，就会发现它的正中多出来一个空洞

⑥—— 一个小正方形就这样神秘地"失踪"了！最早使它"失踪"的，是纽约州的魔术师保罗·柯里。

这个小正方形是怎么"失踪"的呢？

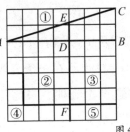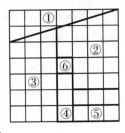

图4

原来，图4右边的图形，根本就不是正方形，而是"冒牌货"——我们在下面来说明。

设大正方形的边长为1，就可以由图4左边的△ADE 和△ABC 相似，求出 DE = 8/49。进一步由 EF = ED + DF 求得 EF = 36/49。这样，图4右边的"正方形"的左右两条边的长，就是 2/7 + 36/49 = 50/49——比1多1/49。显然，这微小的1/49很难看出来。

由于图4右边的"正方形"的上下两条边的长是1，所以它是个"冒牌正方形"——实际是长方形。显然，它的面积是50/49，比图4左边正方形的面积1多出1/49——正好是一个小正方形即空洞⑥。

还有更"奇怪"的——几个图形组合后也会"缩水"！

在图5中，四个小长方形和四个小三角形，以及中间的一个黑色小正方形，组成一个大"等腰三角形"以后，就"缩水"了。

怎么"缩水"的呢？

不难算出图5中四个小长方形的面积之和是196，加上四个小三角形的面积220，总共是416；而大"等腰三角形" MPQ 的面积，也容易算出是416——包括中间的黑色小正方形。

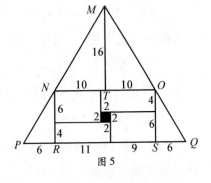

图5

你看，四个小长方形和四个小三角形，以及中间的一个黑色小正方形，组成一个大"等腰三角形"以后，"缩水"了4个面积单位！

那么，"缩水"的秘密又在哪里呢？

原来，大"等腰三角形"也是一个"冒牌货"——实际是一个很难看出的五边形 *MNPQO*！

要证明大"等腰三角形"是"冒牌货"并不难——只要证明 *M*、*N*、*P* 不在一条直线上，以及 *M*、*O*、*Q* 也不在一条直线上，就行了。要完成这两个证明，只需用反证法证明 △*MNT* 和 △*NPR* 不相似，以及证明 △*MOT* 和 △*OQS* 不相似。借助于图5中标明的数字，你就可以轻易证明这些三角形的对应边不成比例，进而完成上述证明。

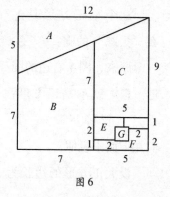

图 6

那么，是不是所有的图形按上面那样"搬迁"之后，都要"缩水"呢？不是。

把 12×12 见方的图6"搬迁"成图7以后，图6中的小方块 *G* 不见了。但少了一块 *G* 的图7"依然是" 12×12 见方！这又是怎么回事呢？

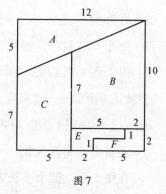

图 7

原来，图6中 *B* 的右面那一边的长，根本就不是10，可是"搬迁"到图7之后，就"冒充"10了。同样，图6中的 *C* 左面那一边的长，也不是7，可是"搬迁"到图7之后，也"冒充"7了。也就是说，图7根本就不是正方形——它的左右两边的长不是12，而是（144－1）/12 = 143/12 ≈ 11.92！

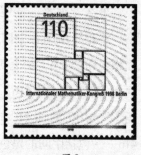

图 8

为了探索这类奇妙的问题，1998年在柏林（一说德累斯顿）召开的第23届国际数学家大会，设计了包括这个"矩形求方"问题的一种解法的邮票（图8），由德国在当年发行。这类问题是要把整数边的矩形分成具有整数边的大小不等的正方形。

布雷特的拼图
——"六位一体"谱"绝唱"

让·布雷特还精心构思，在 20 世纪 90 年代谱写了一大批用这种"不和谐"音符构成的"另类歌"。其中就有下面"六位一体"的"绝唱"。

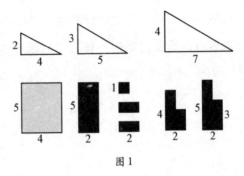

图 1

在图 1 中，有 10 个小拼块，人们可以用 6 种不同的方式拼成一个 9×16 的三角形，这 6 种方式对应于这个大三角形沿斜边的 3 个三角形拼块的 6 种排序（图 2）。

对比图 1 和图 2，可以看出图 2 底部右边那个大三角形中的那些非三角形小块的总面积为 44，而图 2 右边的大三角形中那些非三角形小块的总面积却是 45！接下

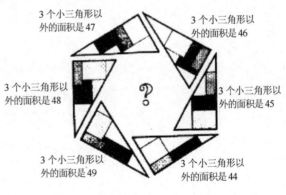

3 个小三角形以外的面积是 47

3 个小三角形以外的面积是 46

3 个小三角形以外的面积是 48

3 个小三角形以外的面积是 45

3 个小三角形以外的面积是 49

3 个小三角形以外的面积是 44

图 2

来，按逆时针方向，相应的面积依次是 46，47，48。最后，图 2 底部左边那个大三角形中非三角形小块的总面积又增加到 49！

但是，图 2 中排成六边形的那 6 个大三角形的面积（由 3 个小三

角形加那些非三角形小块构成）却是一样的呀！你可以试着用硬纸板自己制作一套拼块，让你的朋友们"大吃一惊"吧。

这里的拼图，其中的"花招"相对来说还是明显的。然而，布雷特发现了一个构造这种拼图悖论的一般方法，因此就能构造这样的例子：其中沿斜边的 3 个三角形与那大三角形是如此相似，以至于形状上的差异变得用眼睛根本就察觉不出来。

基督教认为，一个"上帝"具有三个"位格"，即上帝圣父、上帝圣子、上帝圣灵，这三个位格不是相互分开的三个神，而是同一本体的同一个神。这就是所谓的"三位一体"。按照这个说法，我们就把布雷特的精彩"绝唱"称为"六位一体"吧！

这里也"对不上"

——迷人的"七巧板悖论"

"七巧板，真好玩，姑娘小伙都喜欢。

正方形，三角形，七块小板拼图案。

摆只鸡，摆条鱼，摆只蝴蝶舞翩跹。

摆小桥，摆帆船，摆朵荷花浮水面。

随心所欲翻花样，动手动脑乐无边。"

这是一首流传在中国北方地区的"七巧板歌谣"。

七巧板是中国古人发明的拼图玩具，它以变化无穷的图案和撩人的益智魅力流传于全世界，至今热度不减。

图1左边是一个用七巧板拼成的盂状容器。可是，用同一副七巧板拼成的图1右边的盂状容器，中间却比左边的多出了一个三角形的"空洞"。那么这个"空洞"是怎么形成的呢？

图1

像图1这类用同一副七巧板摆成似乎面积一样，形状也几乎一样的图形，难以立即判断"问题"出在哪里的现象，被称为"七巧板悖论"。

下面的图2～图4也是类似的情况。

同一副七巧板拼成图2所示的小人。图2右边的没有脚，图2左边的却有脚——怎么"多"出一块板来了呢？

图3的情况和图1类似：右边的平行四边形多了一个"空洞"——只不过这"空洞"是平行四边形形状的。当然，图3中的左

右两个图也都是同一副七巧板拼成的。

图4右边也有"空洞",只不过它在下面,而且是正方形。当然,图4中的左右两个图也是同一副七巧板摆成的。

图2

"七巧板悖论"不难解决。现在以图2为例加以说明。

图2左边的小人用了6块七巧板拼成身子,用另外1块拼成脚;图2右边的小人用了7块七巧板拼成身子,没有脚。显然,从面积上看,图2左

图3

边小人的身子比图2右边小人的身子要小一些;但各自总共用的7块七巧板的面积是相等的——这就是七巧板变换的"等(面)积原理"。

由这个原理我们知道,图1,图3,图4各自右边图形的"外围面积",都比各自左边图形的面积多出"空洞"那么大。

图4

国外也有类似中国七巧板的智力玩具。例如图5所示的"阿基米德盒子"——"十四巧板",图6所示的"日本七巧板",图7所示的一种"德国七巧板",等等。其中德国工业家阿道夫·李希特(Adolph Richter)博士,是一个"七巧板迷"。他发明的"七巧板"最多——到19世纪末达到36种,上述"德国七巧板"就是其中之一,也最复杂——每副"七巧板"的块数(从7块到12块不等)和形状(例如"哥伦布的鸡蛋"是卵形)各有许多种。他的最初生产积木的儿童玩具工厂,从1891年起开始生产中国的七巧板。

图5　　　　　　图6　　　　　　图7

"不协调"的"边缘"
——"火车轮子悖论"

"火车在飞奔，车轮在歌唱，装载着木材和食粮，运来了地下的宝藏……"这是一首在20世纪50年代流行的歌，唱出了中国人民进行社会主义建设的欢乐、喜悦和自豪……

图1

可是，不知道你注意没有，火车上总有那么一个"不协调"的部分，它不是向前跑，而是向后跑……

此时，可能你会立即想到，这个"不协调"的部分，是火车轮子上那凸出的、低于铁轨的"轮缘"（图1）。

火车向前跑，轮子的边缘却向后跑，真是这样吗？

是的，真是这样，请看图2。

在图2中，你可以看到"轮缘"上某一点 A 在火车向右行进时"画"出的美丽的曲

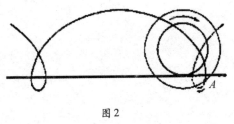

图2

线。这条曲线在数学上叫"长幅摆线"——"摆线"中的一种。你还可以明显地看到 A 点沿长幅摆线的轨迹向左移动——与火车向右行进的方向相反。

当然，你也可以看出，A 点并不是"每时每刻"都在向左即向后移动——向左移动只是占整个"长幅摆线"的一小部分。但是，火车

"轮缘"上是有无穷多个"A 点"的，所以总有那么一个个"不协调的点""前仆后继""开倒车"——向后跑。

火车向前跑，火车上的一部分却向后跑，这就是著名的"火车轮子悖论"。

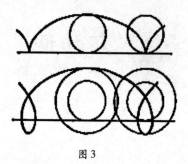

图 3

此时，可能有的读者要问："那么，火车轮子上除了'轮缘'的其他部分朝哪边跑呢？有没有'开倒车'呢？"

图 3 给了你明确的回答。

图 3 的上面部分是火车轮子上接触铁轨的每一点画出的曲线——（普通）摆线。可以明显看出，任何时候都没有"开倒车"。

在图 3 中，与上面部分对比的下面部分，则是我们的"老相识"——图 2。

"搭便车"的小圆
——"奇怪"的"亚里士多德轮"

美国天体物理学家、科学书作家迈克尔·H. 哈特（1932— ），在《历史上最有影响的100人》（*The 100: A Ranking of the Most Influential Persons in History*）一书的序中说："发明轮子的那个人——假定轮子确实是由一个人发明的话——是一个非常有影响的人物，也许比列入本书的大多数人物还重要得多。"这本在1978年首版的书，经过多次修改，迄今已被译为15种语言，销售50万册以上。

哈特的话不无道理。在现代社会，轮子的踪迹随处可见，重要性无可替代。美国就因为汽车多如牛毛，被称为"轮子上的国家"——例如2005年9月飓风"丽塔"到来之前的"休斯敦"大撤退，就在100多千米的高速公路上摆起了几条"汽车长龙"。

不知道你观察过轮子转动中的下列"奇特"现象没有。

图1画出了轮子上的两个同心圆。当轮子滚动一周的时候，轮子上的 A 点移动到 B 点，这时 AB 等于大圆的周长。当然，此时小圆也正好转动了一周，也走过了长 AB 的距离。

问题来了。这"小圆也正好转动了一周"，不就表明小圆的周长也是 AB 么？那大圆的周长和小圆的周长，不就相等了么？

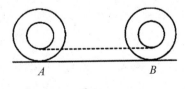

A   B

图1

这就是历史悠久的"亚里士多德轮子悖论"。我们知道，亚里士多德是古希腊百科全书式的大科学家，至今仍是声名远播的大人物。

并不是每个古人都能指谬这位智者提出的这个悖论。指谬的"重担"落在了另一位伟大的科学家伽利略身上。

伽利略别具匠心地设计了图 2 那样的"正方形轮子"——两个相同中心的正方形。当大正方形横贯"正方形轮子"的周长即翻动 4 次的时候，我们注意到小正方形被带着跳过了 3 段（只画了两段）空隙。这就直观地说明小正方形是怎样被"带着"走过长 AB 的距离的，所以 AB 并不能代表小正方形的周长。

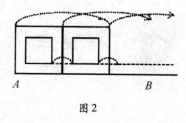

图 2

现在，我们就无须对图 1 中的"大圆的周长等于小圆的周长"的悖论做类比解释了，因为显然是小圆"搭"了大圆的"便车"。

其实，我们无须"谴责"这个"不劳而获"的小圆，因为比它更厉害的"懒人"有的是——比它半径小的所有"小圆"都是，而其中最"不转而获"的是——所有圆的圆心。

有趣的硬币
——为什么多转出一圈

我们用两枚一样大的 5 分硬币做下面的实验。一枚 A 不动，另一枚 B 的边缘绕着 A 的边缘旋转，在绕转的过程中没有滑动——就像图 1 所示的那样。

现在小王问小李，在图 2 中，当"人头"朝上的 B 围绕着 A 转了半圈之后，"人头"朝上还是朝下？

如果小李回答朝下的话，那就错了。就像图 2 所示的那样，"人头"依然朝上！

"啊！这么说，当 B 围绕着 A 转了半圈之后，B 自己已经转了 1 圈！"小李惊讶地说。

"对！加 10 分。"小王说。

图 1

"这就是说，B 绕着 A 转 1 圈的时候，B 自己要转 2 圈啰……但是，A 和 B 是一样大的，B 自己应该转 1 圈的呀！"小李自言自语。

事实就是：大小一样的 A 和 B，当 B 绕着 A 转 1 圈的时候，B 自己要转 2 圈，而不是 1 圈。

这就是有名的"转硬币悖论"。

为什么会出现这种悖论呢？

下面，我们从图 3 来说明这个似乎令人难以置信的、奇怪的事实。

图 2

设半径为 r 的 $\odot O$ 沿着一条直线滚动，它在和它的周长 $2\pi r$ 相等的线段 AB 上正好滚一圈。现在，在 AB 的中点 C 如图

3 将 AB 弯折，使 CB 与原来的方向成 a 的角。于是⊙O 从 A 出发转了半圈之后就到了 C，但它要转到 CB 上去，就必须多转 a 角——图 3 中两个 a 角有彼此互相垂直的两边而相等。

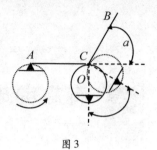

图 3

在这个转弯过程中，⊙O 并没有沿着线段滚动，但的确多出来一个旋转角 a。那么这个 a 是多少圈呢？由于 1 圈的角度是 2π，所以 a 角就等于 $a/2\pi$ 圈——a 以弧度计量。接下去，⊙O 又在 CB 上转了半圈，因此⊙O 在整个折线 ACB 上一共转了 $1+a/(2\pi)$ 圈。

按照这个办法，可以算得两枚一样大的硬币 A、B，当 B 绕 A 转 1 圈 2π 的时候，B 自己转了 $1+2\pi/(2\pi)=2$ 圈。这就是前面的事实。

由此我们还可以推知，一个绕凸多边形——正多边形或图 4 所示的任意多边形，在它的外侧滚动的圆绕完各边之后转的圈数，是它在与各边总长相等的直线上所转的圈数，再加上这个多边形外角的和除以 2π 的商这么多圈；而任何凸多边形外角的和永远是 2π，

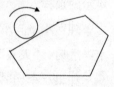

图 4

$2\pi/(2\pi)=1$。这就是说，圆在任何凸多边形外侧滚动时，滚动一周后它自转的圈数，要比它在与这个多边形的周长相等的直线上自转的圈数多一圈。例如，假设图 4 中圆和多边形周长分别为 5，25，那么，圆绕着多边形外侧转一周时，就自转了 $(25/5)+1=6$（圈）。

进一步的延伸推知，当凸多边形边数无限增加，就成了圆，因此一个圆绕另一个等大的圆转一周后，它自己自转了 $1+1$ 圈；绕另一个直径为它 3 倍的圆转一周后，它自己就自转了 $3+1$ 圈，等等。

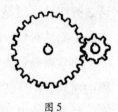

图 5

于是，我们得出结论：一个"圆"绕一条凸封闭曲（或直）线外侧无滑动地滚动时，它自转的圈数是 ［（封闭线总长/"圆"周长）+1］ 圈。

最后，出一道题考考你：图 5 中的大小齿轮各有 24 和 8 个齿，当小齿轮绕着不动的大齿轮转 1 圈的时候，小齿轮转了几圈？

答案不是 $24/8=3$（圈），而是 $(24/8)+1=4$（圈）。

图上编造的谎言
——火星运河悖论

火星上的运河水道被 X 国的人造火星卫星发现了——还有 20 个城市遗址，如图 1 所示。每个城市用一个拉丁字母来代表。最南边的 T 是火星的"南极城"。X 国《天地指南报》刊登了如下悬赏 100 万美元征解的题目：从某个火星城出发，沿运河水路而行，每个城必须经过而且只经过一次，并且所经过的城市的代表字母恰好能拼写成一句话。问，是否有这样的途径？如果有，请把它画出来。

《天地指南报》编辑很快收到 5 万多封读者来信，都回答"可能存在这样的途径"（There is no possible way）。

图 1

读者的答案是"正确"的：图 1 中已用 1～20 标出了这个途径——从南极城 T 出发到达终点 Y。由一路上所经过的城市的代表字母，就拼写成了"There is no possible way"，其含义是"不可能存在这样的途径"；但是，这句话显示的恰好就是有这样的途径，即这样的途径存在。

在字面上，"不可能存在这样的途径"（There is no possible way）表示不存在题目中要求的途径；而事实上又存在这样的途径。这就形成了自相矛盾的幽默。这就是"火星运河悖论"。

读者回答的"不可能存在的途径"，是这个图 1 上的一条"哈密顿轨道"。如果从 Y 再走到"南极"T，则从南极出发又回到了南极，这又是一个"哈密顿圈"。这样，图 1 就是"哈密顿图"。

那怎么都与哈密顿有关呢?

1859 年,英国数学家兼物理学家威廉·罗恩·哈密顿(1805—1865),提出了以下的"周游世界游戏":用图 2 那样的一个正 12 面体的 20 个顶点来表示地球上的 20 个城市,怎样才能从某个城市出发,沿着各条棱走恰好只经过每个城市一次,最后返回到出发地点?

哈密顿

哈密顿的问题,被他简化为图 3 的左或右所示的"棋盘"平面图形问题。哈密顿还自豪地在棋盘上做了这样的说明:"12 面遨游,单身周游列国游戏。本玩具是钦命的爱尔兰天文学博士、爵士威廉·罗恩·哈密顿的发明。宴席上,作为即兴表演,稀奇无比。"

皇帝钦命的天文学博士发明的游戏,一定会与众不同。于是当时英伦三岛掀起了一股"单身周游列国"热。

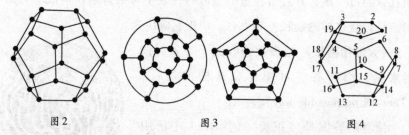

图 2　　　　　图 3　　　　　图 4

最后,这个问题由哈密顿本人解决。他的答案如图 4 所示——与前面的"不可能存在这样的途径"本质上相同。图 4 中从 1→20→1,就形成了一个哈密顿圈,即哈密顿图。

已经证明,采用别的本质不同的方式,是不能按要求周游世界的。

钟情"单身周游列国"的还不只是"老外",中国著名数学家苏步青(1902—2003)也是"爱好者"之一。

苏步青

苏步青从图 3 右边"周游世界棋盘"里的 12 个大大小小的五边形中,挑出了 6 个(图 6 中画有斜线的那 6 个),这 6 个五边形在原正 12 面体中的位置如图 7 所示。再把图 7 所示的 6 个五边形"摊平"，就得到图 8 那样的有 20 个顶点的 20 边形。

好，现在问题简单了。只要从图 8 的 A 点出发，沿着 20 边形的边界走一圈，就可以"周游列国"了。

哈密顿和苏步青把一个 12 面体"压扁""变形"后再进行研究的方法，值得我们深思。

"周游世界棋盘"问题，是哈密顿问题的特例，其对象后来也扩展为一般的 $m \cdot n$ 棋盘上走马步的问题。用电子计算机研究之后，目前的成果有：对任意奇数的 m，n，$m \cdot n$，棋盘上不存在马的哈密顿回路；国际象棋 8×8 的棋盘上至少存在 10 条哈密顿回路；中国象棋 9×10 的棋盘上至少存在 300 条哈密顿回路。这些问题，包括中国数学工作者在内的许多学者仍在探索。

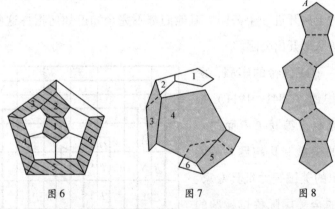

图 6　　　　　图 7　　　　　图 8

要判定一个图是否具有哈密顿圈的问题，是图论中著名的难题之一。除个别情形，迄今还没有找到一个图具有哈密顿圈的必要而且充分的条件。

由哈密顿圈问题，引出了诸如货郎问题、邮递员问题等类似的问题。货郎问题是：货郎必须到每个村庄售货，怎样走才能使路程最短？当然，这个问题因为还要求"路程最短"，比哈密顿圈问题难度更大，以至于用现代电子计算机来解决都很复杂。

这类问题的研究，促进了最优化方法、图论等问题的研究，使运筹学、拓扑学等学科得到发展。

走不出公园的士兵
——棋盘上的哈密顿圈

"笨家伙！"斯科特（1786—1866）对部下发火了。这位将军是美国著名的将领，也是全美家喻户晓的国际象棋高手。

几年以后，斯科特对此事还念念不忘。一天，他对林肯的陆军部长斯坦顿（1814—1869）抱怨说："尽管我们有 20 位指挥官都能指挥一个师的士兵开进一个公园，但他们都不完全知道如何指挥这些士兵按进入的队形开出公园。"

有感于斯科特的牢骚，萨姆·劳埃德（1841—1911）根据这个素材，编写了下面的一道奇妙的棋盘阅兵趣题。劳埃德是杰出的美国智力玩具专家、最著名的全美国际象棋趣题的作者，曾主持编辑《科学美国人》的国际象棋副刊。

A	S	N	O	T	A	N	Y
H D		N	A	E	L		C H
E A		O	N	I	A		Y A
R N		T	O	C	N		C M
E Y		L	V	S	P		N I
H H		I	E	I	A		A L
T A		M	R	D	T		I T
T	A	H	T		I H		N O

入口　出口

阅兵的公园划分成 8 ×8 个小方格，每个方格里有一个如图所示的拉丁字母。接受阅兵的部队从入口进入公园后，排头兵按国际象棋中车的走法，每格恰好过一次，而且要穿过 O 与 C 之间的"凯旋门"，从出口把队伍带出公园。同时，要求所经过格子里的字母按排头兵通过的顺序写出一句话。

士兵的行进路线，已经用粗线画在图中。我们看到，如此形成的

"车图"是哈密顿图。但是，写出的那句话却偏偏是："我发现此处没有哈密顿圈也没有哈密顿轨道（I discover that there has not any Hamiltonian cycle and any Hamiltonian path）。"

　　这个"棋盘悖论"和前面的"火星运河悖论"上的谎言相似，都是"言"和"行"相反：明明是画出了哈密顿圈和哈密顿轨道，却说"我发现此处没有哈密顿圈也没有哈密顿轨道"！

折线覆盖平面

——皮亚诺的"几何无穷大"

皮亚诺（1858—1932）是意大利数学家，著名的"自然数皮亚诺公理体系"的提出者。这个公理共有 5 条，其内容已经被我们经常实际应用。它的前两条非常浅显，而且为我们所熟知：1 是自然数，任何一个自然数都有而且只有一个后继的自然数。

皮亚诺

可是，下面的折线覆盖平面的"几何无穷大悖论"——"皮亚诺悖论"就不那么浅显了。

图 1，是一个"大正方形平面"，它被平分为一样大小的 4 个正方形。我们用一条折线按图 1 所示的顺序连接这 4 个正方形的中心。

图 2，是把图 1 那 4 个正方形中的每一个，都各自分为 4 个小正方形，然后再用一条折线按图 2 所示的顺序连接这 16 个正方形的中心。

图 3，是把图 2 那 16 个小正方形中的每一个，再各自分为 4 个更小的正方形，也用一条折线按图 3 所示的顺序连接这 64 个正方形的中心。

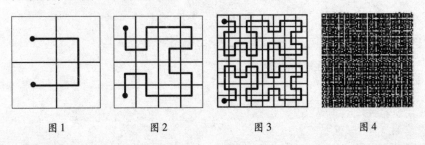

图 1　　　　图 2　　　　图 3　　　　图 4

按照这个方法，可以继续无限分割、连接下去。图 4 则是被分成

$4^6 = 4\ 096$ 个正方形，并按前方法连接的曲线图形。

这个曲线图形，就是首先由皮亚诺在 1890 年做出来的，所以被称为"皮亚诺曲线"。由于德国数学家希尔伯特（1862—1943）在 1881 年对它进行了深入详尽的研究，所以又被称为"希尔伯特曲线"。它也是这类"无限长曲线图形"中的第一个。我们熟悉的其他例子是瑞典数学家黑尔格·冯·科赫（1870—1924）在 1904 年得到的"雪花曲线"，见图 5。

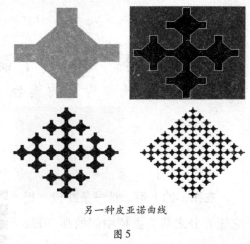

另一种皮亚诺曲线

图 5

显然，由于这条折线会越来越密，最后这条折线会把"大正方形平面"完全覆盖，因此，它又被叫作"填满空间的曲线"。

这些"无限长曲线"有一个显而易见的共同特点——它们包含的都是直线段，因此，它们始终是不"平滑"的——任何地方都没有确定的方向。从数学的角度来说，这就意味着这些曲线在任何地方都没有切线，或者说它在任何一点上都不能求微分。

我们知道，"线"只有长度没有宽度，因而面积为零；而"面"既有长度又有宽度，面积不为零。上面"折线覆盖平面"的"事实"告诉我们，面积为零的折线可以覆盖面积不为零的平面。换句话说，1 维的"线""等同"于 2 维的"面"！对此"奇谈怪论"，数学家们把这类曲线称为"病态的"曲线。

相信读者能揭开皮亚诺的奇谈怪论之谜。这里，有可供选用的德国大数学家高斯（1777—1855）的名言："无穷大只是一种比喻，意思是指这样一个极限：当允许某些比率无限增加的时候，另一些特定比率可以相应地无限接近这个极限——要多近有多近。"

"尘埃"和"干酪"
——康托尔奇怪的集合

在图 1 的上部，是一条线段。把它三等分之后，去掉中间的那一段，就成了它下面的那两段。再把这两段分别三等分，并去掉各自中间的那一段。如此无限继续下去，最后这些极

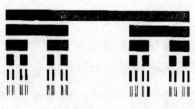

图 1

限点好像"尘埃"，它们就构成了著名的"康托尔尘集"。

类似前面的"折线覆盖平面"，康托尔尘集处处稀疏，这些"尘埃"加起来的总长度为零，但的确包含了无穷多个点。康托尔就这样"偷盗"了一条长度不为零的线段——把它"变"得没有了长度。

和康托尔尘集类似的还有图 2 所说的"康托尔干酪"。这种美丽的图形，是把一个圆形的大"干酪"切掉两个小"干酪"以外的一切——但保留大"干酪"的边沿，并无限进行下去得到的。当然，图 2 只是这样的操作进行 3 次之后的图形。

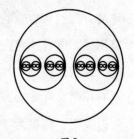

图 2

不过，这无限多个小"干酪"，却"好看不能吃"，因为它和"康托尔尘集"类似—— 一个不为零的面积的圆，被切得没有了面积。

折线占满立体
——奇怪的"门格海绵"

既然折线可能覆盖平面，那么折线又可不可能占满立体呢？

图1就是折线"占满"立体的情形——其中的折线按相同的规律无限画下去，就可以占满这个立方体。这时，我们可以说，1维的"线""等同"于3维的"体"！

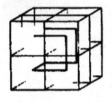
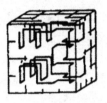

图1

看来，真的像《星期六评论》（*Saturday Review*）主编（1942—1972 在任）——加州大学洛杉矶分校医学院精神病学与生物行为科学系的美国记者、作家诺曼·卡曾斯（1915—1990）教授，在 1978 年 4 月 15 日《星期六评论》中所说的那样："无穷大可以使可能的东西变成必然的东西。"他送给我们的箴言是："人的本性是不完美。"事实上，现实中并不存在完美，只有愿望中存在完美。

图2是折线占满立体的另一个例子。这个全身孔洞的家伙，被称为"门格海绵"——它的体积逐渐被那些空洞"蚕食"，而分布在它上面的孔的面积最终将是无穷大。伦纳德·布卢门撒尔和卡尔·门格所著《几何学研究》一书，对此有详细的记载。这本书由旧金山的 W. H. Free-

图2

卡曾斯

man 在 1970 年出版。

    显然，与科赫曲线一样，"门格海绵"也只能作为一种极限情况才能实现。它外部的每一个面都被称为"谢尔宾斯基地毯"。图 3 是"谢尔宾斯基地毯"的形成过程——面积逐渐被"蚕食"之后，孔的总周长最终也将是无穷大。这时，我们可以说，1 维的"线" "等同"于 2 维的"面"！它是根据波兰数学家瓦茨瓦夫·谢尔宾斯基（1882—1969）的名字命名的。

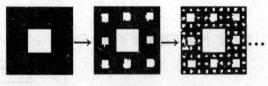

图 3

白方块到哪里去了
——"画阴影线的正方形"

有一个如图 1 所示的单位边长的大正方形，它的面积为 1。假设把它分成 4 个相等的小正方形，并且把右上角的那个小正方形画上阴影线。有阴影线的部分面积当然是大正方形的 1/4。

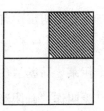

图 1

现在，按图 2 把剩余的、没有画阴影线的 3 个小正方形，再分成 4 个更小的相等正方形，并且把每个更小的正方形中右上角的那个正方形画上阴影线。

现在可以算出，图 2 中画阴影线部分的总面积是 1/4 + 3/16 = 7/16。

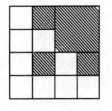

图 2

以这种方式继续下去，将会使画阴影线部分的面积逼近一个极限吗？如果会的话，这个极限是多少呢？

研究一下每一步中没有画阴影线的面积，就非常容易回答这些问题。

在图 1 的第一步中，有 3 个没有画阴影线的正方形，每一个的面积等于 1/4，所以没有画阴影线的总面积为 3/4。在图 2 的第二步中，有 9 个没有画阴影线的正方形，而每个面积为 1/16，这时没有画阴影线部分的总面积为 9/16 或 $(3/4)^2$。

接下去在第三步中，将有 27 个没有画阴影线的正方形，每一个的面积为 1/64，所以没有画阴影线部分的总面积将是 27/64 或者 $(3/4)^3$。

以这种方式进行 n 步以后，我们就得到序列：3/4， $(3/4)^2$，$(3/4)^3$，…，$(3/4)^n$，…

显然，这是一个首项和公比都是3/4的无穷等比几何级数；随着 n 的增加，该级数的项逐渐缩小并且趋于0。于是，画阴影线部分的面积一定逼近1，即初始正方形的面积。

换句话说，在无穷多的步骤之后，画阴影线的部分将会覆盖整个正方形——尽管在每一步中我们都剩下每个正方形的3/4没有画阴影线！

明明每次都只画上1/4面积的阴影线，但这些阴影线最终却会"霸占"整个大正方形，这是多么离奇的结论啊！怪不得以色列数学家伊莱·马奥尔在《无穷之旅——关于无穷大的文化史》中，把这个结论叫作"画阴影线的正方形悖论"。

"小袋子"装"大法宝"
——周长无限的雪花

冬日，北方白雪飘飘……

图1的雪花周围，是一条美丽的雪花曲线。您思考过这美丽的曲线是怎么形成的吗？

把图2中最左边的正三角形的每条边三等分，并在每条边三等分之后的"中间那段"向外作新的正三角形，然后把这个新正三角形的与"中间那段"重叠的那条边去掉，就成了图2中从左往右数的第二个图——一个"六角星"，有12条边。

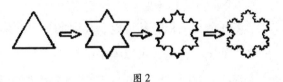

图2

再把这个六角星"尖"出的那部分看作一个小正三角形，继续前面的操作过程，就得到图2中从左往右数的第三个图——以"凸角"（三个为一组）和以"凹角"（三个为一组）相间的"三十六角星"。

继续重复上面的过程，就得到图3中右边的雪花曲线。

图3

现在的问题是，无限重复上面的过程，得到的雪花的面积有限吗？雪花曲线的周长有限吗？

显然，图1的雪花

的面积是有限的，因为它的面积小于图 4 中那个长方形的面积。实际上，假定原来的正三角形的面积是 1，那么最后的面积是 8/5。

下面是这个 8/5 的来历。

由图 2 中雪花曲线的产生过程容易看出，从正三角形开始，各折线图形的边数依次是 3，3×4，3×4^2，3×4^3，…，$3 \times 4^{n-1}$，…

图 4

对于这些折线图形每一条边，进行前面"操作"的第 n 个步骤的下一个步骤，面积都会增加 $(1/9)^n$，举例来说，前面提到的"六角星"的面积，就是正三角形的面积 1（此时 $n=1$），加上 $(1/9)^1 \times 3$；这里的"3"是因为增加了 3 个"尖"出的小正三角形。这样，雪花曲线所包围的面积就是

$$1 + (1/9)^1 \times 3 + (1/9)^2 \times 3 \times 4 + (1/9)^3 \times 3 \times 4^2 + \cdots + (1/9)^n \times 3 \times 4^{n-1} + \cdots$$

$$= 1 + (3/9)[1 + (4/9) + (4/9)^2 + \cdots + (4/9)^{n-1} + \cdots]$$

$$= 1 + (3/9) \times [1/(1-4/9)]$$

$$= 8/5。$$

雪花曲线的周长却可以是无限的——它随着上面的过程的无限重复，可以无限长！

那么，这个"无限长"又是怎么得来的呢？

又假设原来的正三角形的周长是 a。对于图 2 中的每一个折线图形，进行前面所说"操作"的第 n 个步骤的下一个步骤，周长都会增加到 $(4/3)^n a$，举例来说，前面提到的六角星的周长，就从 a 增加到 $(4/3)a$。这样，当 $n \to \infty$ 时，$(4/3)^n a \to \infty$。

这就是说，一个面积是 8/5 的雪花，它的周长可以是 ∞！

事实上，我们可以用同样的方法，证明任何面积不为 0 的实际雪

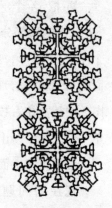

没有完全相同的
两片雪花？

花，它的周长都可以变成∞！

这是一个多么奇妙的结论——就像神话中的仙人，他的小袋子里可以装下无穷多个大法宝。有人不相信这个事实，称它为"雪花悖论"。怪不得英国著名的大文豪莎士比亚（1564—1616），会在他的惊世之作《哈姆雷特》中诡异地写道："我可以被关在坚果壳之中，且把自己看成无穷空间的国王。"

另外一种"反雪花曲线"（图5）也很有趣。当无限重复做下去的时候，也有∞的周长。只要把雪花曲线形成过程中"尖"出的那部分往里凹，这种曲线就形成了。

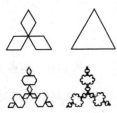

图5

在"无穷大数学"中，这种"雪花悖论"比比皆是。例如，在图6那条短短的线段中，就有无穷多个点！于是德国大文豪、思想家歌德（1749—1832）不无诙谐地说："如果你要迈进无穷大，你只需要走遍有限的每一边。"

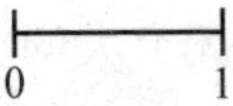

不过，对于"小袋子"是否能装得下"大法宝"的问题，托马斯·卡莱尔（1795—1881）似乎颇有戏谑的微词："根据我的理解，人类的不幸来自他的伟大；因为他的心中有一个无穷大，人类借助他所有的机巧，也无法把它埋藏在有限之中。"

图6

有无限长的海岸线吗

——奇怪的科赫曲线

1904 年，瑞典数学家黑尔格·冯·科赫（1870—1924）首先创造了一条没有边界的连续曲线，它自身不相交，有无限长；但是，曲线围成的面积却是有限的，而且围成的图形的维数是分数值。于是，有了"分数维"这个名词。"（任意）非整数维"这个概念，首先是由德国数学家豪斯多夫（1868—1942）在 1919 年提出来的。

以色列数学家伊莱·马奥尔（1969—　）在《无穷之旅——关于无穷大的文化史》一书中把这种曲线称为"病态曲线"。

这条曲线的产生过程如图 1 所示。

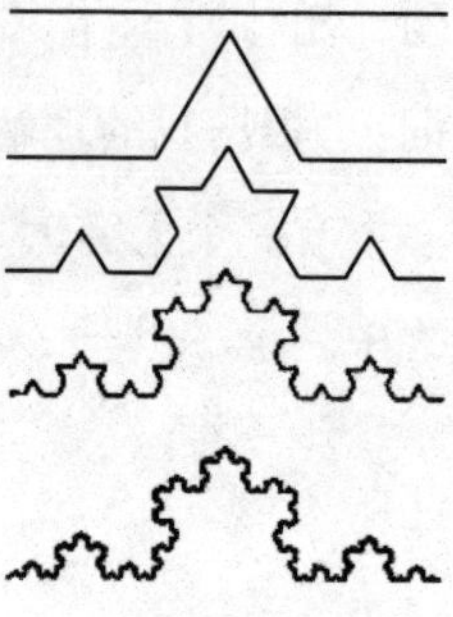

把一条线段分成 3 等份，以中间那一份为底边作一个正三角形，再去掉底边，这就成了含有 4 条线段的折线。

再把这 4 条线段分别分成三等份，也按上面的方法"操作"，这就成了含有 16 条线段的折线。

图 1

如此继续"操作"，就得到有许多"弯弯拐拐"的曲线——"科赫曲线"。由于它酷似海岸线，所以又叫"海岸曲线"。

数学家们还用公式计算分数维的"维度"。当分数维曲线的生成线由 N 条等长的直线段组成折线段时，如果生成线两端的距离与这些直线段的长度之比为 $1/r$，那么分数维曲线的维度就是 $D = (\ln N) / \ln (1/r)$。

用这个公式，可以算得科赫曲线的分数维度 $D = \lg4/\lg3 = 1.261\,81$。

如果把科赫曲线围成一个圈，实际上就是前面我们谈到的雪花曲线。

实际海岸线的长度总是有限的。但是，如果把海岸线变成科赫曲线的形状，那它就有无

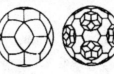

图2　绘在球上的"套盒娃娃图案"

限长了。这一点，我们在谈到雪花曲线时已经证明。

与科赫曲线类似，还有一种用"套盒娃娃"玩具图案绘制在球上的类似图案（图2）。它是由日本筑波大学的小川教授用电脑绘制的一种"分形图"。

这种"套盒娃娃"玩具，还可以在俄国的木制彩绘（图3）中看到。这个套盒娃娃的故事是，一对俄国兄妹在牧羊时，妹妹走失，哥哥每天都想念她，于是每年都做一个"木制妹妹"，若干年后，就有了这叫作套盒娃娃的玩具。

图3　俄国木制彩绘"套盒娃娃"

把有限长的海岸线"科赫化"，就成了无限长，这似乎与"直觉"相悖。于是我们把它叫作"海岸线悖论"。

这个把海岸线"科赫化"的问题，最先是由出生在波兰华沙（祖籍是立陶宛，11岁迁往巴黎）的美国哈巴多大学数学教授伯努瓦·芒德尔布罗特（1924—2010）提出来的。他首先于1967年在英国《科学》杂志上，发表了一篇名为《英国的海岸线有多长》的论文，问："大不列颠的海岸线有多长?"1975年，他又在法文版（1977年出增补的英

芒德尔布罗特

文版）《分形：形、机遇与维数》一书中，再次提出这个有趣的问题。

所以，海岸线悖论也叫"布罗特悖论"。

上面提到的"分形"一词，来自英文 Fractal，是"分形几何"的创始人布罗特在 1975 年由拉定文 Frangere 创造而来的，本来有"破碎""不规则"等意思。

布罗特在书中解释说，一条真正的凹凸不平的海岸线是如此不规则，因此不可能用"常规方法"——分成许多直线段的方法——估计它的长度。最后，他总结说："最终的估计长度不仅极端大，而且事实上大得最后被认为是无穷大。"

不好测量还有另一个原因。

如果测量者所用的尺子不同，得到的长度就不同——尺子越小，长度越大。例如，用 100 米长的尺子测量，小于 100 米的那些"弯弯曲曲"的海岸线就被忽略；而用 10 米长尺子测量，小于 10 米的那些"弯弯曲曲"的海岸线才会被忽略。就像示意图（图 4）所示的那样，M 和 N 之间的海岸线长，用不同的尺子测量，就得到 $b+c+d+e>a$ 的结果。

图4　大不列颠的海岸线有多长？

图5　　　　　　　　　　图6

事实上，从 19 世纪开始，英国人每次测量海岸线的长度都不一致。

但即使海岸线有无限长，守卫它的人们也不必紧张，因为这并不影响巡逻行程，也不需要扩大视野。

1980 年，布罗特还在美国 IBM 公司用电子计算机绘制出了一个妖怪似的分形——"数学恐龙"（图5）。

海克尔

布罗特还是《分形》杂志的名誉主编，这个专门研究分形的杂志创刊于1993年。

图6是出生在波兰的以色列建筑师兹维·海克尔（1931—　），关于以色列阿什杜德城中心的规划图，记载于他写的《多面体建筑学》中，这本书由在耶路撒冷的以色列博物馆于1976年出版。这个设计方案类似于科赫曲线的结构。

春风召唤之下
——万千柳条这样生长

　　春天到了，春风轻轻地抚摩着光条条的柳枝，对它说："季节到了，别再沉睡了，快长出新的枝条吧……"

　　柳树醒了，它把自己 3 等分，在它的 1/3 和 2/3 长度的地方，各长出 1 个长为 1/3 的新枝条。这样，新旧枝条就共有 5 段。

　　接着，又把这 5 段各长 1/3 的枝条继续 3 等分，再在各等分处新长出 1 个长为 1/3 的枝条……

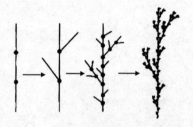

万千柳条是这样长出来的

　　如此继续下去，就有了"春风杨柳万千条"。

　　那么，这万千条杨柳一共有多长呢？

　　假设原来的枝条长度是 1，第一次长出枝条后，连同原来的枝条一共长 5/3；

　　第二次长出枝条后，连同原来的枝条一共长 $(5/3)^2$；

　　第三次长出枝条后，连同原来的枝条一共长 $(5/3)^3$；

　　…………

　　第 n 次长出枝条后，连同原来的枝条一共长 $(5/3)^n$。显然，当 n 很大的时候，$(5/3)^n$ 是一个很大的数值。

　　例如，当 $n=10$ 时，$(5/3)^{10}=9\,765\,625/59\,049\approx165.4$（米）。

　　当 $n\to\infty$ 的时候，$(5/3)^n=\infty$——枝条无限长。

　　当然，由于自然条件等因素的限制，实际上枝条不可能无限长。

非晶体重组
——奇妙的"分形时间"

也许，我们常常会想，没有生命的东西是"静如处子"的；然而，像风、海浪、河流，甚至泥沙、岩石、塑料等等都在不停地运动。事实上，任何物质都在动，只是有些运动是微观的，我们直接看不见或暂时无法测量到而已。此外，物质的化学反应中也有运动。在工业上研究这类变化非常重要，因为生产出的物品，如塑料、玻璃、合成橡胶等，有关变化对物品的有效期影响很大。

分形

在晶体物质中，变化以指数的比率进行。类似，对于放射性物质，在某个一定的时间（这个时间叫半衰期）间隔里变化以一半的速度衰减。非晶体物质的分子的变化或移动，则贯穿整个的变化时间，有些是以秒计，而另一些则以年计。这些非晶体物质的重组现象，能够用术语"分形时间"加以描述。

"分形时间"是基于与分形同样的思想。一个几何分形细微部分的放大，即为其大形状的复制。观察这种形式复制的时间，一个物质分子从重组到出现差异的时间间隔，类似于分形复制过程的步骤，从而时间也类似地依赖于这种物质在上述步骤中存在的景象。这样，分形的数学在研究物质变化的过程中就担负了重要的角色，而有关的发现和成果，也被用于工业制造上，以改进产品的有效期。

时间是一个奇怪的"东西"。对此，距今 100 多年前的英国哲学家、思想家、历史作家、数学家托马斯·卡莱尔（1795—1881），用诗一般的语言写道："那无边无际、缄默不语、永不静止的东西就叫作时间；它匆匆流逝，奔腾而去，既迅速又宁静；它就像是把一切都包含进去的大海的潮汐，而我们和整个世界就像是浮游在它上面的薄雾；它就像是一个幽灵，出没无常；这确确实实是一个永远的奇迹，是一种使我们哑口无言的事物。"

卡莱尔

怎样画"标准龙"
——分形用于美术

图1所示的龙的"原产地"是中国。但是，"标准龙"的分形曲线却是由美国物理学家约翰·亥威（John E. Heighway）最先发现的，它可以通过若干个步骤形成——步骤越多，线条就越细腻。

这里所用的方法与生成雪花曲线类似。

在雪花曲线中，我们从一个正三角形开始，然后分别在它三边的中段加上一个较小的等边三角形，并持续同样的操作过程。

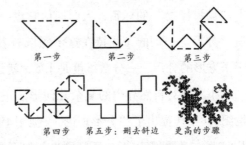

第一步　第二步　第三步

第四步　第五步：删去斜边　更高的步骤

图1　美国物理学家约翰·亥威发现的龙曲线

图2　用等腰直角三角形构造龙曲线，虚线是所删斜边

龙的曲线是由一个等腰直角三角形开始的，以该等腰直角三角形的直角边为斜边作另外的等腰直角三角形，再以这些新等腰直角三角形的直角边为斜边，作另一些等腰直角三角形，如此继续下去并把所有的斜边删除掉，如图2所示。

现在，掌握了这个方法的你，也可以尝试创造你自己的分形。从一些其他类型的几何对象开始，设计一种类似的程序，来过一把"分形设计师"的"瘾"。

它"背叛"了欧几里得

——年轻而神秘的分形

　　2 000多年来，人们总是习惯于用欧几里得几何的诸如点、线、平面、空间、正方形、圆……这些对象和概念，来描绘我们这个"平直的"生存的世界。非欧几何的发现，引进了描画宇宙现象的新的对象和方法——世界不一定都用平直的欧几里得几何空间来描述。"分形"就是这样一种对象和方法。

　　分形的思想初见于1875—1925年数学家们的著作。这些对象被贴上"畸形怪物"的标签，人们深信它没有丝毫的科学价值。1975年创造"分形"一词的布罗特在这个领域有着广泛的发现。例如，一种源于正方形的分形——分数维度是1.5，就是他推出来的。

　　布罗特对自然界中的复杂几何形态进行了大量考察研究，并于20世纪70年代提出了"分形理论"。他于1971年出版的著作《大自然的几何学》，是解释以下"不规则自相似形态"的研究成果——

　　自然界方面：海岸线和云的形状（图1），曲折奔流的江河、海浪（图2）、结晶的冰花和我们说过的雪花的曲线、山脉的轮廓、洪水的频度、地震波的频率、太阳黑子的活动、自然界的杂音等。例如，在美国加利福尼亚州南部的断层地带，已经发现了分形样式的花纹图案。

　　生物学方面：蕨类植物（图3）和羊齿类植物叶子的形状、树影的形状、生姜根部的形状、一些海草的纹路、布朗运动的轨迹等。

图1 太阳照耀下云的
边缘，像电子计算机
绘制的分形图

图2

图3

人类社会方面：建筑物、绘画（如前面故事中的龙）、音乐、电影制片等有极高艺术欣赏价值的美学和它们的分形图案。

在经济学方面也不乏应用实例。

图4的"皮亚诺曲线"是又一个分形的例子，它是一条充满空间的曲线。在一个空间充满曲线是指在给定范围内的每一个点都被曲线经过，随着曲线的描绘，整个空间逐渐变黑。图4是一个不完全的痕迹。

图5所示的"塞沙洛曲线"，也是一个分形的例子。

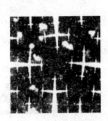
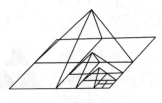

图4

图5

图6

严格地说，分形是这样一种对象，将它的细微部分放大后，其结构看起来仍与原先的形状精确地一致。这与圆形成了鲜明的对比——把圆的一部分放大后，就变得比较平直。这是分形的第一个特点，也是分形区别于欧几里得几何图形的第一点。

在欧几里得几何中，点、直线、平面、立体分别是0，1，2，3维的，而一条锯齿状的分形曲线的维数则在1和2之间。如果像图6那样从一个2维的矩形开始，把它分为4个部分，再在它的中间部分的上方构造一个"金字塔"，并继续进行这样的分形，那么，这个分形的维数就在 2 和 3 之间。这种有"分数维"的情况，是分形的第二个特点，也是分形区别于欧几里得几何图形的第二点。

分形通常可分为两种。一种是几何分形，它不断地重复同一种花样图案，雪花曲线是自然界一个几何分形的典型例子。另一种是随机分形，它的图案不是千篇一律的，如图 7 所示的例子。

由于分形能够用递推函数加以描述——斐波那契数列就是一个递推的例子，它的每个项都等于前两项的和，所以用计算机生成分形是理想的。电脑绘图能让这些分形的"畸形怪物"可靠地"回归"到生活中。例如，我们夏天用的、逐步"去心"的"清凉坐垫"（图 8

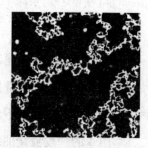

图 7

分别为三角形经过 1 次、2 次、3 次、5 次"去心"后的图）——"谢尔宾斯基地毯"，就是一个实例。在电脑的屏幕上，几乎能够立即产生分形，并显示出它们奇妙的形状、艺术的图案或细微的景观。

电脑绘图也能让这些分形用于艺术创作或科学研究。例如在 1986年，电影《星际旅行 II：可汗的愤

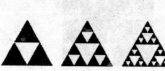

图 8

怒》中新行星的诞生，以及《吉地的返回》中行星在空间飘浮等壮观的场面，就是由彼克沙公司在电脑上完成的。

纽约豪弗斯塔大学的美国数学家 H. 哈斯汀，还用电脑绘图描述了佐治亚州奥克芬诺基沼泽地的生态变化。他用分形作为这个沼泽地的生态系统的动态模型，将植物及丝柏斑块的地图与随机分形的地图相比较。结果，不用广泛的历史资料就能得出结论：在物种竞争中怎

样的种类能够存留下来。事实上，生态系统用分形来处理已成为当前的一种主要手段，它对于确定酸雨的扩散和研究其他环境污染问题也有重要的作用。

原来有人觉得，只有欧几里得几何的"正规形状"才能应用在科学中，然而欧几里得几何的"叛徒"——分形却从不同的视角给我们提供了认识自然的路径，打开了一个完全崭新和令人兴奋的几何学大门。少数 DNA 遗传物质的重复，就可以发育成为复杂的器官，从而构成奇妙无比的生物界，是大自然和科学研究的又一个实例。分形的特性是如此迷人——这个我们拥有的"新几何"，甚至可以描述变化的宇宙！

分形是一个年轻的数学领域，有时一些人把它归入"大自然的几何"之中，因为这些离奇而混沌的形状，正如我们前面所说，在"大自然"的各个领域都有广泛应用。

图 9　形形色色的分形图

感受多维空间
——分形的延伸

我们讨论一个延伸的问题，就是除了前面提到的那几种维数的空间，还有没有其他维数的空间呢？有的。

例如，建筑师 C. 布莱顿在 1913 年就创造了一个称为"超立方体"的 4 维空间体（图 1）。他把超立方体和其他 4 维图案汇集在他的作品中。由他设计的、在纽约州的罗契斯特商会建筑，就是其中一个例子。

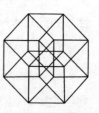

图 1　布莱顿的"超立方体"

又如，图 2 的"立方镶嵌体"也是一个 4 维空间体。

那么，这个立方镶嵌体和常见的 3 维空间体——例如正方体有什么不同呢？这可以从它们的展开图看到区别。立方镶嵌体展开成图 3 是立方体，

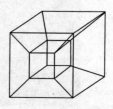

图 2　"立方镶嵌体"

它是由 16 个顶点、24 个正方形和 32 条边所构成的 3 维立体；而图 4 左边的正方体展开成右边的图形则是我们熟悉的一个 2 维平面。

数学家们并没有在 4 维空间面前停留，他们还在考虑更高的 n 维——据说令人惊异的多维图案已被汇编成集。

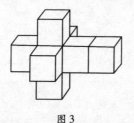

图 3

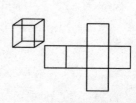

图 4

等你施展才华
——至今没有答案的"贝特兰德悖论"

在一个圆内任意引一条弦，它的长度大于圆内接等边三角形边长的概率是多少？

解答这个问题有三种"经典"的方法。每一种都得出不同的概率估值，而且论据似乎都同样有效。加拿大学者亨特（J. A. H. Hunter）和玛达其（Joseph S. Madachy），在《数学娱乐问题》一书中，还提出了第四种方法并得出了第四种明显合理的值！这四种不同的解法，我们依次概述如下。先讲"经典的三种"。

图1所示的是一个圆内接正三角形，以及三条弦——它们都垂直于通过这个三角形一个顶点 B 的直径 AB。

不难证明，圆心到三角形任意一边的距离等于圆半径的一半。OC 是半径 OA 的一半，于是 OC 是直径 AB 的 1/4。如果我们取 D 点，使得 $OD = OC$，那么，很明显，任何在 C、D 之间垂直于这条直径的弦，其长度都大于三角形的边。所有 A、B 之间垂直于这条直径的弦，在 C、D 之间的恰好占了一半，因此，所求的概率是 1/2。

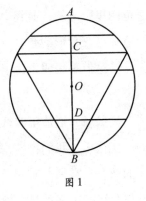

图1

同样的论证，可以用于其他任意方向的圆内接正三角形。

这样，似乎我们确实得到了题中所要求的概率是 1/2。

图2表示了第二种方法。这里，另外有一个小圆内切于正三角形。

和前面一样，OC 是初始大圆半径 OA 的一半，所以三角形内切圆的半径，是它的外接圆半径的一半。

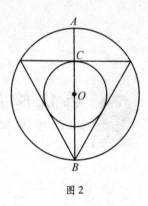

图2

现在，我们考虑初始大圆中所有可能画出的弦的中点。不难知道：弦的中点在内切圆内，其长度必大于三角形的边；而中点在内切圆外的弦，其长度必短于三角形的边。看来，任画一弦其长度大于三角形边的概率，取为三角形内切圆面积与三角形外接圆面积的比是合适的。由相应的半径比知，这个面积比是 1：4，因此，所求的概率为 1/4。

第三种方法非常简单，现在用图 3 来说明。

由正三角形的一个顶点，引两条具有代表性的弦。显然，像这样由顶点引出的弦的数量是无限多的。只有那些穿过三角形的弦，才比三角形的边更长。这里讲到的弦，显然是在一个 180° 的范围里引出的，而其中只有 60° 的范围，包含了所有穿过三角形的弦。

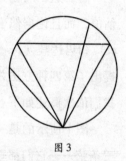

图3

这似乎表明，比三角形边要长的弦恰好占 1/3。这意味着所求的概率为 1/3。

最后，概述第四种方法。现在用图 4 来说明。

这里，我们再考虑由一个顶点所引出的可能的弦。只有那些穿过三角形和弓形 S 的弦，才比三角形的边来得长。这样的弦能够引出无数多条。我们似乎可以合理地假定，这无数条弦完全覆盖了圆的面积，而这无数条弦中没有一条互相重叠。我们可以取这些弦所扫过的面积比，作为弦的数量比。一种简单的计算法，就是把三角形面积与弓形面积相加，然后比圆的面积。这个比接近于 14：23，或者近似等于 3：5，因此我们能够

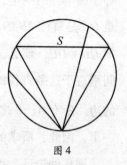

图4

得出结论：所求的概率接近于 3/5。

就这样，用四种不同的方法，得出四个完全不同的概率值：1/2，1/4，1/3，约 3/5。每种方法都包含了一种假设——例如图 1 这种方法假设弦的中点在直径上均匀分布，这些假设可能有效，也可能无效——不过它们看上去似乎都是合理的。这就产生了悖论。

在这个问题中，实际上概率必须是一个明确和固定的比，所以至少它们中间有三种，也可能是全部四种方法都是基于错误的假定。

然而，谁又能确定呢？那就等待着读者——才华横溢的你来回答！我们期待着读者中的——"小鬼当家"！

这个悖论，就是"几何概率悖论"中有趣的一个——至今没有确定答案的"贝特兰德悖论"，也称为"贝特兰德怪论"。

为什么这个悖论叫贝特兰德悖论呢？

原来，它最早是由法国数学家贝特兰德（1822—1900）发现并发表在他 1889 年出版的《概率的计算》一书中的。

贝特兰德被同时代的人誉为"不停顿地进行数学思维的人"。他写的论著很注意通俗化，常常是妙趣横生。他在年轻时就发现了"贝特兰德猜想"——当整数 $n > 3$ 的时候，在 n 和（$2n - 1$）之间，必定有一个素数。这个研究素数的重要猜想，在 1850（一说 1848）年被俄国数学家切比雪夫（1821—1894）证明，1854 年发表在他的出色论文《论素数》之中。

它源于教科书出错
——离奇的施瓦茨悖论

现在我们知道，如果直圆柱的高是 h，半径是 r，那么，它的侧面积 $S = 2\pi rh$。

这里有一个问题，如果直圆柱的侧面是一个曲面，曲面和平面不一样，那曲面的面积是多少呢？

19 世纪以前的数学家们知道，圆内接多边形（不一定是正内接多边形）的边数无限增加的时候，它的周长的极限就是圆周长。

这些数学家们从圆周长的定义中得到了启发。认为直圆柱的侧面积可以这样来规定：在直圆柱内做一个高和它相同的内接多面体（不一定是正内接直多面体），当这个内接多面体的面数无限增加的时候，它的侧面积就是直圆柱的侧面积。简单地说，直圆柱的侧面积就是它的内接多面体面数无限增加时侧面积的极限。这个内容被写进了当时的教科书。

他们还认为，当这个内接多面体的面数无限增加的时候，其中面积最大那个侧面的面积，会趋向于零。

在 1880 年，德国数学家施瓦茨（1843—1921）在写给法国数学家埃尔米特（1822—1901）（以在 1873 年证明自然对数的底 e 是超越数闻名于世）的一封信中指出，情况并不是这样，教科书中的曲面概念有问题。施瓦茨的说法，使

施瓦茨

得当时的数学家们大为惊奇。由于施瓦茨给出的例子很难理解，所以人们把它叫作"施瓦茨悖论"。

那么，施瓦茨给出了什么样的例子呢？

施瓦茨在那封信中说，如果用各面为大小相同的三角形的内接多面体的侧面来逼近高为 h、底面半径为 r 的圆柱侧面，那么通过适当选取这些三角形的高与底边的比，就可以使多面体的侧面积趋向于大于或等于 $2\pi rh$ 的任意值——甚至可以是 ∞。也就是说，这个多面体的侧面积不一定是 $2\pi rh$。

这真是一个难以置信的结论：被直圆柱表面所"包围"的多面体的侧面的面积，竟然可以大于直圆柱侧面的面积，甚至可以是 ∞！

这的确是一个悖论：当直圆柱的内接多面体的侧面趋近于直圆柱侧面的时候，这个多面体的表面积不一定趋向于定值 $2\pi rh$！

现代数学证明，施瓦茨是对的。

此外，施瓦茨还用"测度"这个概念，重新给曲面面积做了合理的定义。

我们可以看出，圆周长可以用边数无限增加的内接多边形的周长来求得；而直圆柱的侧面积，却不一定能用边数无限增加的内接多面体的侧面积来求得。

我们在用"类比法"的时候，必须小心谨慎。

公孙龙还能分割尺子吗
——无穷分割的悖论

中国战国时代的哲学家庄子（约公元前369—前286）和他的朋友惠施（约公元前370—前310或318）及他的弟子共同写了《庄子》一书。其中的《天下》篇说："一尺之棰，日取其半，万世不竭。"就是说，一尺长的木棒或尺子，每天去掉一半，永远都不会完结。这从纯数学推理的角度无可挑剔：1/2，1/4，1/8…，但永不为0。这里，隐含了一个重要的哲学思想：物质是无限可分的。由于稍晚的中国哲学家公孙龙（约公元前320—前250）对此加以了阐释，所以一些文献就认为公孙龙也说了这样的话。

庄子

不过，惠施其实所持的是另一种观点——物质不是无限可分的："至小无内，谓之小一。"就是说，物质有最小单位"小一"，它不可再分。古希腊哲学家德谟克里特（约公元前470—前380）也从哲学角度最早提出物质不是无限可分的。他相信所有的物质都是由毁坏不了的小"颗粒"——"原子"组成的。原子（atom）这个词，来自于希腊语atomos（不可分的）。这些原子的各种组合构成了我们周围的世界。

德谟克里特

那么，是不是"一尺长的木棒或尺子，每天去掉一半，永远都不会完结"呢？或者问：物质又是否可以无限分割呢？

古希腊的哲学家们曾就一条线段，或者任何数量，是不是可无限地被分割，或者说是不是可以最终得到一个不可分割的点即"原子"等问题，展开了无休止的争论。

他们的追随者——哲学家们，一直在探讨同一个问题：物质无限可分吗？

他们的现代追随者——物理学家们，今天仍然还在设法解决同一个问题：用巨大的粒子加速器寻找"基本粒子"——那些构成整个宇宙的"基本砖块"。

对于这些问题，英国物理学家、数学家麦克斯韦（1831—1879）也思考过，他说："人类的心智被很多难以解决的问题困扰着。空间是无限的吗？是什么意义上的无限？物质世界在范围上是无限的吗？在这个范围内所有空间都同样充满物质吗？原子存在吗？或者说原子是无限可分的吗？"

德谟克里特的观点潜伏了 2 000 多年，直到英国物理学家、化学家约翰·道尔顿（1766—1844）把它作为他的化合作用理论的基础时，它才得以复苏。说起道尔顿，可能没有研究物理学和化学的人不太熟悉，但说到色盲，就是尽人皆知了——道尔顿就是色盲病的最早发现人。

到了 20 世纪，原子首先被核子（即中子和质子）所取代，后来为亚核粒子所代替。随着法国物理学家贝可勒尔（1852—1908）发现放射性，在 1900 年前后首次出现了原子终究可被分割的迹象。接着，是出生在新西兰的英国物理学家卢瑟福（1871—1937）在分裂原子方面的实验。在 1932 年，英国物理学家查德威克（1891—1974）发现中子，从而证明不仅是原子，而且原子核也有一个内部结构。

从此以后，对所谓基本粒子的搜寻，已成了由整个科学界参加的大型竞赛的一部分。几乎每年都有人在发现和宣布大量新的"基本粒子"，而且带有很大的炫耀成分，但是到后来这些"基本粒子"都被证明可分解为更小的粒子。给出的这些粒子的列表与人们给这些新发现起的名字一样使人感到迷惑：重子、轻子、介子和夸克……

是不是真的存在最终的基本粒子，或者说是不是我们在白费力气地搜寻一种理想化的概念（其存在不比数学点的存在更真实），这个问题还悬而未决。像小孩的玩具蛋一样，其内部还藏着一个较小的蛋，较小的蛋内部还有一个更小的，我们必须仔细酌量物质永远也不会向我们展示其最内部的秘密的可能性。

另一方面，自从德国物理学家马克斯·普朗克（1858—1947）在 1900 年提出能量必须以某一基本量——量子的整倍数存在之后，能量"原子"的存在，才得以牢固确立。普朗克的量子——后来被称为光（量）子，成了量子理论的基础。

普朗克

由此看来，物质是否可以被无限分割这个问题，至今没有定论。

我们却可以对"公孙龙还能够分割他的尺子吗？"这个问题，做出确定的回答。

我们知道，现代科学方法能切开目前粒子物理实验可达到的 10^{-18} 米尺度，但切开的却是一些"基本粒子"。实际上，这也是不可能的，因为"基本粒子"的寿命极短（如中性 π 介子存在的时间是 10^{-17} 秒数量级）。在微观世界里，通常的"线度"概念已荡然无存，唯存瞬息万变的"基本粒子"。

那么，"一尺之棰"经"万世"之后是什么样呢？以 1 尺 ≈ 0.33 米计算，经过两个月以后，不难算出它的长度为 10^{-19} 米数量级。也就是说，已经达到了当今物理学的最小尺度，根本无法再"取其半"了。经"万世"之后，其值之小，就不需要我们特别说明了。

由此可见，公孙龙老早就不能分割他的尺子了！

这样，一个悖论就出现了，一个从纯数学推理的角度无可挑剔的、被誉为"原始的极限思想"的"一尺之棰，日取其半，万世不竭"论，被事实证明是荒谬的。我们不妨把它称为"一尺之棰悖论"，或"公孙龙悖论"。

显然，出现这个悖论的原因是，不顾及事物的本来面目，进行纯数学推理。对此，我们不妨用那句名言来做这个故事的结尾：实践是检验真理的唯一标准。

纸能叠到月球吗
——不可靠的"数学奇境"

在一篇名为《信不信由你——数学奇境》的文章中，有这么一段话：假如有一张厚度为 0.05 毫米的纸，现在把它一裁为二，叠起来，再一裁为二，再把这 4 片纸叠起来，如此继续叠 50 次。最后纸的厚度是地球到月球距离的 146 倍！

类似的这种"指数性质"的文章，随处可见，不知又有多少！

那么，这个"146 倍"的计算正不正确呢？我们还是来算一算。

显然，叠 50 次之后纸的厚度是 $0.05 \times 2^{50} \approx 5.6 \times 10^{13}$（毫米）$\approx 5.6 \times 10^{7}$（千米）。用它除以地球到月球的距离约 3.8×10^{5} 千米，就得到约 147。所以"146 倍"的结论，是正确的。

可是，我们很快就会思考，实际存在的一张薄纸，真的能叠出超过地球到月球距离的 100 多倍的厚度吗？显然不能。那么，问题出在哪里呢？

问题也出在纯理论的推导。

假设这张"超级大纸"面积是 8 平方米，裁了 50 次之后是 $8/2^{50} = 2^{-47}$（米²）。可以想象，在达到这么"超级小"的尺度之前，已经没有办法再裁了！

由此可见，这个"叠纸悖论"，是由纯理论的推导引起的。

叠纸悖论告诉我们，在处理实际问题的时候，不能不顾及事物的实际情况而仅从纯数学角度进行推导，否则就会像俄国数学家、力学家和机械学家——于 1849 年假设在一定的前提下素数定理成立的帕夫努季·柳比奇·切比雪夫所说的那样："使数学脱离科学的实际需要，就好比把母牛关起来，不让它接触公牛，其结果是使它不出成果。"进一步说，在这个意义上，任何学科的"严密"都是相对的，脱离现实而企图"严密"的科学终会导致失误。

切比雪夫

"神童"也被难住了
——引出概率论的"赌徒悖论"

一辆马车在酷热难当的马路上飞驰——1651年夏天，法国数学家、物理学家帕斯卡（1623—1662）前往浦挨托镇旅行。

途中，他偶然遇到了一个常常进出于赌博场的赌徒——贵族的公子哥儿安托万·戈巴德（1607—1684），又名梅雷骑士（Chevalier de Méré）。为了消磨旅途的寂寞，梅雷大谈"赌博经"，并提出了一个十分有趣的"分赌金"的问题，向帕斯卡求教。

帕斯卡

这个问题是这样的。梅雷曾与一个侍卫官投骰子赌博，各出30个金币，双方约定如果梅雷先掷出了3次6点，60枚金币就归梅雷，侍卫官如果先掷出3次4点，60枚金币就归侍卫官。

正当梅雷掷出2次6点，侍卫官掷出1次4点时，侍卫官就得到通知，必须马上回去陪国王接见外宾。赌博显然无法进行了，那赌金如何分配呢？梅雷说他应分得全部赌金的3/4即45枚金币，而侍卫官则说自己应分得全部赌金的1/3即20枚金币。双方争论不休，但谁也说服不了谁。这就是有名的"赌徒悖论"。

我们知道，帕斯卡是17世纪有名的"神童"数学家。他12岁就独立证明了"三角形内角和等于180°"这个定理。他还在16岁就发现了"神秘六边形定理"，并写成论文，使得法国数学家笛卡儿（1596—

1650）竟然怀疑这是帕斯卡的父亲的作品，而法国数学家笛沙格（1591—1661）则不相信是出于一个少年之手。

可梅雷提出的"分赌金"的问题，却把这位"神童"难住了。帕斯卡冥思苦想，却不得其解。一直想了两三年，直到1654年才算有了点眉目。于是他在当年7月29日——后来定为概率论的诞生之日写信给他的好友、法国数学家费马（1601—1665），两个人开展了热烈的讨论。讨论结果，取得了一致的意见：梅雷的分法是对的，他应得到60个金币的3/4，赌友应得其余的1/4。

费马

这时，荷兰的数学家惠更斯（1629—1695）在巴黎听到这件新闻，也参加了他们的讨论。惠更斯在1657年把讨论的结果写成一本叫《论赌博中的计算》（又译《论赌博中的推理》）的书。这就是概率论的最早著作。

可见，帕斯卡、费马和惠更斯是概率论的主要创立者。

惠更斯

概率论现在已经成了数学里的一个重要分支，在各领域都有十分广泛的应用，但它却"来路不正"——从赌博中得来，颇有点"不光彩"的历史呢！

当然，在16世纪末，欧洲许多国家的保险业的兴起，也是概率论诞生的又一个社会需求原因。

他们都错了
——飞机、炸药、炸弹、儿子、赌博

2004 年 8 月 24 日，从莫斯科飞往不同地点的两架民航飞机"图134"和"图154"，在起飞后不久几乎同时失事，造成 89 人罹难，其中一架飞机在发生空难前发出过紧急求救信号。中央电视台在报道这条消息时说，从同一机场起飞的两架飞机，因机械故障同时爆炸的概率是很小的。听得出，这个报道的一个"言下之意"是，从不同机场起飞的两架飞机，因机械故障同时爆炸的概率要大一些。

那么，真的从同一机场起飞的两架飞机因机械故障同时爆炸的概率，会小于从不同机场起飞的两架飞机因机械故障同时爆炸的概率吗？

我们暂时把这个问题放在一边，来看另一个"炸药问题"。

李先生经常坐火车旅行，他总是担心某一天某个旅客可能会把违禁物品炸药偷偷带上火车，危及他的安全，但是他知道，一列火车内出现某一个旅客偷偷携带炸药的概率比较小。他还由此进一步推论，一列火车上同时出现两个旅客偷偷携带炸药的概率就更小。于是，他每次乘火车的时候，总是在自己的公文包内放上一包潮湿的炸药，以减小火车上出现炸药的概率。

那么，李先生这样做火车上出现炸药的概率会减小吗？

类似的问题还出现在第二次世界大战期间。一群老兵向新兵传授躲避炮弹的诀窍：躲在新弹坑中，不要躲在老弹坑中。老兵的理由是，两颗炮弹不可能接连掉落在同一个弹坑中，却很有可能命中老弹坑。

同样的问题"出现"在 1990 年中央电视台元旦晚会上演"超生游

击队"的"黄宏"和"宋丹丹"之间。

"黄宏"和"宋丹丹"一连"生了"3个孩子,但都是女儿。

"宋丹丹":"我希望我们下一个孩子不是女孩。"

"黄宏"对"宋丹丹"说:"亲爱的,在生了3个女儿之后,下一个肯定是儿子。"

"黄宏"说得对吗?

在回答这个问题之前,我们来看下面的问题:美国诗人、小说家埃德加·爱伦·坡(1809—1849)在他的一部侦探小说的跋中说,如果你在一轮掷骰子中已掷出5次两点后,下次再掷出两点的机会就要小于1/6了。那么,你认为爱伦·坡说得对吗?

如果你对前面这5个问题的回答是"对",那你就陷入"赌徒悖论"——一个概率悖论之中了!

初看起来,这5个说法好像都是对的,但实际上却是错的。

事实上,在掷骰子的时候,下一次掷出两点的概率仍然是1/6。同样,两架飞机是否在同一机场起飞,并不影响它们同时失事的概率。李先生自己携带的炸药是丝毫不会影响其他旅客携带炸药的概率的。第二次世界大战期间的老兵的说法也是错误的。"黄宏夫妇"生下一个孩子是男孩子的概率也仍然是1/2。

日常生活中,我们把"彼此没有关系"的事件称为"独立事件"。大家都知道,完全不同的两个独立事件的出现概率是彼此无关的。例如,你明天穿雨衣的概率和明天喝咖啡的概率毫无关系。

同色球成一白一黑
——卡罗尔如何"变戏法"

在一个密封的不透明袋子中有两个小球,要么全是白色的,要么全是黑色的。现在,请你不拿出小球就确定它们的颜色。

英国数学家刘易斯·卡罗尔(1832—1898)说,这是"小菜一碟":袋子中两个小球是"一白一黑"。

卡罗尔倒是"指鹿为马"的高手——明明是同色球,他偏偏要说是"一白一黑"。但他理由充足,还能提供如下"证明"呢!

他说,我们知道,如果袋中有 3 个球——2 黑 1 白,那么,从中抽出 1 个黑色球的概率是 2/3,而其他任何情况都不可能得到这一概率。

现在,考虑袋子中的球,由于假定只有 2 个,所以有(黑—黑)(黑—白)(白—白)3 种可能,相应于它们出现的概率分别是 1/4,1/2,1/4,加 1 个黑色球到已有 2 个球的袋子里面去,现在袋子中就有了 3 个球,其颜色的可能性是(黑黑黑)(黑白黑)(白白黑),正如前面所说,它们出现的概率分别为 1/4,1/2,1/4。现在从袋子里拿出一个黑色球的概率必定是

$$\left(\frac{1}{4} \times 1\right) + \left(\frac{1}{2} \times \frac{2}{3}\right) + \left(\frac{1}{4} \times \frac{1}{3}\right) = \frac{2}{3}$$

前面说过,这一概率要求袋中有 2 个黑球和 1 个白球,也就是说,袋子里必须是(黑白黑)。由于其中有 1 个黑球是后来加进去的,所以原先袋子里所有的球应该是"一白一黑"!

这是一个令人吃惊,但却是明显符合逻辑的结论——卡罗尔真是

"颠倒黑白"的高手！人们把这个结论叫作"卡罗尔悖论"。

其实，卡罗尔引进这第三个球，只不过是为了"制造混乱"。同样错误的结果，在没有卡罗尔故意"捣乱"的情况下，我们也可以得到。

回到只有 2 个球的情形，袋子里的球的颜色包含（黑黑）（黑白）（白白）3 种可能，其概率分别是 1/4，1/2，1/4，这正如卡罗尔正确陈述的那样。分开各自的情形，抽出 1 个黑球的概率是 1，1/2，0。结合上述概率得知，从袋子中抽出 1 个黑球的概率是

$$\left(\frac{1}{4} \times 1\right) + \left(\frac{1}{2} \times \frac{1}{2}\right) + \left(\frac{1}{4} \times 0\right) = \frac{1}{2}$$

抽出 1 个球是黑色的概率是 1/2，这表明袋子里的球必定是 1 黑和 1 白——与卡罗尔的结论一样，但这里没有用到第三个球。

那么，卡罗尔和我们的错误在哪里呢？错误在于最后一步。

从袋子里拿出 1 个黑球的概率当然是 1/2，这跟从袋子里抽出 1 个白球的概率一样，然而"证明"中却从来没有谈到留下的球的颜色。我们只知道每个球要么是黑的，要么是白的，拿出两者的可能性理应是一样的。

"万绿丛中一点红"
——不可思议的"素数悖论"

我们知道，素数有无限多个。这个结论不难用古希腊大数学家欧几里得采用过的反证法来证明。

欧几里得证明说，如果素数只有有限多个，把其中最大的一个素数 n 加上 1，这个数是素数呢，还是合数？

如果回答是素数，那么，就有了比 n 还大的一个素数，以此类推，素数就有无限多个。如果回答是合数，那么，这个合数就一定含有比 n 还大的素数因子，这也说明有比 n 还大的一个素数，以此类推，素数也有无限多个。

这样，不论哪种情况，都说明素数有无限多个。

寻找越来越大的素数，不仅仅是数学家们非常感兴趣的事。在2003 年以前，美国非营利组织"电子前沿基金会"就提供了 10 万美元奖金，用于奖励最先发现超过 1 000 万位的素数的人。这项奖金的其他奖项是：超过 1 亿位，15 万美元；超过 10 亿位，25 万美元。不过，至今还没人能得到这笔数额不多不少的"意外之财"。

2003 年 11 月 17 日，当时最大的素数（是一个梅森素数）$2^{20\,996\,011}-1$—— 一个 6 320 430 位数。它的发现者是美国密歇根大学化学工程系 26 岁的研究生迈克尔·沙夫。

不过，仅仅过了半年，迈克尔·沙夫的世界纪录就被打破。2004年 5 月 15 日，美国国家海洋和大气局（NOAA）的信息顾问、数学爱好者沙恩·芬德利（Shane Findley），发现了素数（也是梅森素数）的

新世界纪录 $2^{24\,036\,583} - 1$，它是一个 7 235 733 位数。

············

截至 2019 年 4 月发现的最大素数（也是已经发现的第 51 个梅森素数）是：有 24 862 048 位数的 $2^{82\,589\,933} - 1$，由美国数学家、电脑程序员帕特里克·拉罗什（Patrick Laroche）在 2018 年 12 月 7 日发现。

尽管这是一个空前的大素数，然而已知的素数总是有限的。但是，素数的个数却是无限的。这"有限"和"无限"意味着什么呢？

我们不难由"有限/无限 = 0"这个正确的算式得出正确的结论：这意味着已知素数的概率为零——这暗示着任何素数都不可能被我们认识。最后的结论是，没有一个素数是可以被知道的！

这就是有趣的"素数悖论"。

素数悖论的错误在于，错误地把"无限小"当成是"零"的同义词；而问题的焦点，正是任何一个特定素数被知道的概率为无限小，而不是零。

事实上，我们已经知道了许多素数。

该去吃谁的蛋糕
——出乎意料的"生日悖论"

"吃生日蛋糕的请柬又来了，且是同一天！那去吃谁的蛋糕呢？"不知是喜还是忧的我自言自语，"我只有 24 个朋友啊，一年 365 天，哪有那么多的两个人在'同一天'生？"我迷惑不解。

当然，这里所说的"同一天"，是指同月同日，不一定同年。

是啊，365（不考虑闰年会多出一天）对 24——两个人在同一天过生日的可能性一定很小，"大概是 24/365≈6.6% 吧"，我们会说。事实真的如此吗？

我们先来计算 24 个人的生日不在同一天的概率。

先看第一个人，他的生日当然可以是一年中的任意一天。那么，第二个人与第一个人不是同一天生日的可能性有多大呢？这第二个人可能出生于任何一天，因此在 365 个机会中有一个与第一个人重合，有 364 个不重合，即不重合的概率为 364/365。同样，第三个人与前面两个人都不在同一天出生的概率为 363/365，这是因为去掉了两天的缘故。再后面的人，生日不与前面任何一个人在同一天的概率依次为 362/365，361/365，360/365……最后一个人是（365－23）/365，即 342/365。

把以上这些分数相乘，就得到所有这些人的生日都不在同一天的概率是

$$\frac{364}{365} \times \frac{363}{365} \times \frac{362}{365} \times \cdots \times \frac{342}{365}$$

不难算出，这个结果约为 0.46。这个结果说明，24 个人生日不在同一天的概率稍小于 0.5；换句话说，在你的这"两打"朋友中，两个人不在同一天过生日的可能性约为 46%，而在同一天过生日的可能性约为 54%！

这个 54% 与前面我们说的"6.6%"，相差约 8 倍之多！这就是著名的"生日悖论"。

进一步计算，可以得到一般情况下的 n 个朋友中最少有两个人在同一天过生日的概率公式是

人数/人	最少两人同生日的概率
10	0.12
20	0.41
23	0.51
24	0.54
30	0.71
40	0.89
57	0.99
365	1.00

$$1 - \frac{365!}{365^n \times (365 - n)!}$$

根据这个公式可以计算出右上表中这些"典型"的数值。

如果你有 23 个或更多的朋友——这时其中两个人同天生日的概率已经超过 50%，但你却从来没有在同一天被两个朋友邀请去赴生日晚会的话，那你就可以相当肯定地说，不是这些朋友大多数不搞什么生日庆贺，就是他们没有请你去！

"这个生日重合问题提供了一个很好的例子，它说明在判断复杂事件的概率的时候，凭想当然来下判断是多么靠不住。"出生在俄国的美国著名科普作家盖莫夫（1904—1968）在《从 1 到无穷大——科学中的事实和臆测》一书中说，"我本人曾用这个问题问过许多人，其中还有不少是卓越的科学家。结果，除了一个人，其他人都下了从 2∶1 到 15∶1 的赌注打赌说，不会有这种可能性。如果哪位老兄跟他们都打了赌，这位老兄是会发财的！"

事实真的是这样吗？是的！例如，有人统计过截至 1981 年的 39 位美国总统的生日——结果惊奇地发现，竟有两人的生日都是 11 月 2 日：第 11 任（1845—1849 在任）的詹姆士·波尔克（1795—1849）和第 29 任（1921—1923 在任）的华伦·哈定（1865—1923）。

是 1/2 还是 1/4

——硬币同面的概率有多大

如果你抛掷 3 枚硬币，它们掉下来之后同一个面朝上的概率有多大？

"1/2 吧！"你想了想，可能会这样回答。

你的理由是，因为 3 个当中至少有两个是一样的，另外那个要么与这两个一样，要么不同。由于它出现这两种情况的概率均等，所以它与另外两个硬币是否一致的概率相等。这样，3 个硬币同面的概率就是 1/2。

你的推论正确吗？

假设代表硬币的人头面朝上为 A，另一面朝上为 B，那么，我们可以将 8 种可能情况都列在下面：AAA、AAB、ABA、ABB、BAA、BAB、BBA、BBB。

显然，这 8 种可能中只有两种同面，因此，正确的概率应是 1/4 而不是 1/2。

当然，这个 1/4 也可以计算出来。抛掷第一个出现某一面是必然的，所以概率是 1，抛掷第二个出现和第一个同面的概率显然是 1/2，抛掷第三个出现和第一个同面的概率显然也是 1/2。于是，根据概率的"相乘法则"，就得到三枚硬币同面的概率：$1 \times (1/2) \times (1/2) = 1/4$。

究竟谁有优势
——难解的"选举悖论"

汤姆、阿蒂、汉特3个人竞选。

民意测验表明，有 2/3 的选民要选汤姆而不选阿蒂，有 2/3 的选民要选阿蒂而不选汉特，有 2/3 的选民要选汉特而不选汤姆。看来，3个人是旗鼓相当了。

可是，汤姆说："根据 2/3 的选民要选我而不选阿蒂，2/3 的选民要选阿蒂而不选汉特来看，说明我的选票会最多，应该当选。"

汉特却不以为然，说："那么，除了 2/3 的选民要选汤姆而不选阿蒂，余下的 1/3 选民不选汤姆而选我；加上除了 2/3 的选民要选阿蒂而不选我，余下的 1/3 选民，不选汤姆而选我。这就形成了 2/3 的选民要选我而不选汤姆，按照你汤姆的逻辑，说明我的选票会最多，应该当选。"

这时，阿蒂说话了："按照你们的说法，选我的选民比选汉特的多，而选汉特的选民又比选汤姆的多，显然选我的选民就比选汤姆的多，所以我的选票会最多，应该当选。"

3个人都有"充分的"理由当选，这就形成了有名的"选举悖论"。

那么，究竟谁的选票会最多呢？这种民意测验究竟能说明什么呢？人们至今无法回答。

这个悖论最早是美国经济学家、数学家肯尼斯·约瑟夫·阿罗（1921—2017）提出来的。他和英国经济学家约翰·希克斯（1904—

阿罗

1989），都是 1972 年诺贝尔经济学奖得主。阿罗的获奖成果是"开创一般经济均衡理论和福利理论"。1951 年，阿罗给出关于民主选举的选举公理——"阿罗公理"，想求得选举的公平合理，避免发生独裁者从中操纵选举的可恶问题。不过，他还指出不存在满足阿罗公理的十全十美的民主选举，并在这一年发表了体现这一思想的"阿罗不可能定理"：不存在绝对公平的选举系统。

民主选举的确不能十全十美。塔洛克·布坎南在《同意的计算》一书中举了一个例子来说明民主选举的缺陷。他的例子的意思可以用下面简单的实际数字来说明。

在一个由 25 个人组成的议会中，把 25 个人平均分成 5 个小组，只要 3 个小组同意，某人当总理就通过了。现在，只有 9 个人同意——不到 1/3。在分组的时候，恰好把这 9 个人平均分到 5 个小组中的 3 个小组内，因此，这 3 个小组都分别因为他们是大多数而选举这个人当总理。这样，这个总理候选人就以 3 个小组同意而得到通过。不到 1/3 的 9 个人竟然击败了 16 个人，您说这民主选举十全十美吗？

这种情况还可以用一个更简单的例子代替。在一次有 9 个人的选举中，支持 A 的只有 4 个人，而支持 B 的有 5 个人。如果"直接投票"，显然 B 当选。如果把这 9 个人平均分成 3 个小组"间接投票"，那么结果就不一定是 B 当选了——其中这种分法会使 A 以 2:1 当选：4 个支持 A 的人被平均分到两个小组内。

这些"理论推导"是有"实际例子"来诠释的。2000 年，戈尔和小布什竞选美国第 43 任总统。在全国，戈尔比小布什多几十万张选票，照"理"应该当选，但美国实行的"投票人制度"是谁获得了某一个州的多数票，那他就获得了这个州所分配的"选举人票"。两者之争的"关键票"在佛罗里达州，而小布什则以微弱优势得到了这个州的 25 张"选举人票"，并最终以 277:266 涉险当选总统。

　　"选举悖论"还可以举出另一类实例。在申办 2000 年奥运会的时候，北京从第一轮投票起就领先——直到倒数第二轮。照"理"说，应当选无疑，但是，最后一轮的投票结果是，北京落后于悉尼而落选。

　　早在人们梦想着有计算机之前，哲学家和政治科学家们就在为找到建立一个民主国家的方法而大伤脑筋。那时，数学以令人惊奇和令人讨厌的方式伸出它那"丑陋的"而科学的头角，然而，阿罗给出理论表明，实现完美的民主理想在数学上是不可能的。确实，不受欢迎的悖论不仅会在表决中出现，甚至在表决进行之前，在间接代表制中，决定分配给每一选区的代表名额时也会出现，如同美国众议院那样。

　　法国皇帝拿破仑（1769—1821）有一句名言："在我的字典里，没有'不可能'这个词。"其实，这只能表示他的一种积极昂扬的人生态度，而不是科学应该遵循的法则，否则阿罗就不会发现不可能定理。其实，在我们的生活中，类似拿破仑这句"悖论名言"的"名言"比比皆是——"一切皆有可能"就是其一。如果承认这句话是对的，那么，既然"一切皆有可能"，那这句话就"有可能"是错误的；于是，这句话就不对。如果承认这句话是错的，那就说明有的事的确不可能；于是，这句话也不对。这就是"一切皆有可能悖论"。

选何良药治疾病
——统计学中的困惑

与选举悖论类似，在下面的药物试验中，也有一个"药效悖论"。

爱克斯博士开发了两种治疗艾滋病的新药A、B，进入甲、乙两家医院临床试验，结果如表所示。

项目	医院甲		医院乙	
	有效/人	无效/人	有效/人	无效/人
药A	9	21	60	60
药B	3	12	717	768

现在要问，A、B中哪种药的临床试验效果更好？

先看医院甲。A、B的有效率分别是9／（9＋21）＝30%和3／（3＋12）＝20%。

再看医院乙。A、B的有效率分别是60／（60＋60）＝50%和717／（717＋768）＝48%。

可以看出，在这两个医院的临床试验中，都是A比B疗效好。

现在，我们综合这两个医院的临床试验数据来看一看，会有什么结果。

A的有效率是（9＋60）／（9＋21＋60＋60）＝46%。

B的有效率是（3＋717）／（3＋12＋717＋768）＝48%。

结果是B比A疗效好。

怪事出来了：医院甲和医院乙分别试验的结果都是A比B疗效好，而综合这两个医院的试验的结果却是B比A疗效好。

这就是统计学中的"药效悖论"，它使药物学家们无所适从。

那么，由这些试验数据究竟可以得到什么正确的结论呢？

首先，由于参加试验的病人的个体差异，加上参加试验的病人的数量不是很多会出现的偶然性，上述30%、20%，50%、48%，46%、48%这三组数据，都不一定是可靠的，不能作为B和A谁疗效好的可靠依据。但是，由于医院乙的试验人数比医院甲的试验人数多得多，所以50%和48%，46%和48%这两组数据相对可靠一些。克服的办法是，再增加试验的病人数——特别是医院甲的试验人数。

第二，上述三组数据实际反映的是三个不同的问题：A、B在医院甲对特定病人的疗效，A、B在医院乙对另外一些特定病人的疗效，A、B在两个医院对那些特定病人的总体疗效。所以，单凭其中任何一个，都不可能得到正确的结论。相比之下，46%和48%这组数据可靠一些，因为它是面对相对更多的人得到的结论。

从这个"药效悖论"可以看出，药物要被批准进入临床使用，要经过大规模的、针对不同人群的多次长期试验，得到一致可靠的结果才行。

越复杂越安全吗

——可靠性悖论趣谈

"啊！飞机又出事了——死了 100 多人？"

我们经常听到这种飞机失事而机毁人亡的消息。航天飞机轰然坠地、核电站事故也时有耳闻。

"这些科学家真是'不中用'——这种人命攸关的大事也能'视为儿戏'，把'机器'搞得先进、复杂一点嘛！"在这些事故之后，我们经常听到这样或类似的说法。

一向以无事故自豪的日本新干线铁路，在 20 世纪 90 年代初，也因为新山形（日本地名）一带的故障频频出现，使当时茶余饭后的闲聊"热闹非凡"。

怎么那样先进、复杂的飞机、航天飞机、核电站、日本新干线铁路等也会发生故障呢？"简单"和"复杂"，究竟哪个更容易出故障呢？

对"推理统计学"来说，一般情况下要求可靠性为 95%，对应的危险性是 5%；而对药品及与生命利害攸关的事物来说，则要求可靠性在 99% 以上。

在日本，一年内因交通事故致死的有 1 万多人，所以，对日本 1 亿多人口的危险率约为 0.000 1%，对应的生命安全率约为 99.999 9%。这就使人感到接近了所说的"绝对安全"。

可是，在零件很多的高精度机器装置中，却一直存在以下诸多不安全因素。

美国宇航局（NASA）的阿波罗火箭喷气装置的可靠性为99.99%。这个装置有560万个零件，所以其中允许有560个残次品。1986年1月28日，"挑战者"号航天飞机在发射后73秒爆炸失事。如果也按照99.999 9%的可靠性要求，那事后检查出来的44处"怀疑部位"简直少得不值一提！但是，就是这"少得不值一提"的故障，就造成了7名宇航员死亡的惨剧。事实上，这次爆炸主要就因为助推火箭"不值一提"的O形密封圈有质量问题。类似的法国"阿丽亚娜"号火箭在一次发射中的失败，也是因为发动机数万个接头中有一个长了0.5毫米。

核反应堆由100万个零件组成，按照NASA的规定，允许其中有100个是残次品。

阿波罗宇宙飞船1个零件可靠性为99.999 9%，如果它由100万个零件组成，那么它的安全概率为 $0.999\,999^{1\,000\,000} \approx 0.368$，可靠性安全程度仅仅是36.8%！

零件可靠性高达99.999 9%的阿波罗宇宙飞船，整体可靠性安全程度仅为36.8%。那么，如果用同样可靠性的零件来装备一台只有8个零件组成的机器，其可靠性又如何呢？

答案是 $0.999\,999^8 \approx 99.999\,2\%$ ——远大于36.8%！

看来，不是零件多的复杂机器安全，而是零件少的简单机器安全。这就是"多"和"少"与安全的关系。

阿波罗宇宙飞船

在现实生活中，有无数这种"简单比复杂更安全"的例子：一个普通铁锅远比一个电饭锅更不容易出故障，一个普通铁锤远比一个电动锤经久耐用……

这个悖论还给我们启示，一个小小的疏漏或隐患，就可能引发巨大的灾难，所以我们要时刻"特别关照"可能造成事故的诱因或征兆，切莫对像"一颗小小螺丝钉松动"的细节不屑一顾。此时用得着一句时髦话：细节决定成败。著名的航空界关于飞行安全的"海恩法则"说，"每一起严重事故的背后，必然有 29 次轻微事故和 300 起未遂先兆及 1 000 起事故隐患"。这里提到的德国人帕布斯·海恩，是德国飞机涡轮机的发明者。海恩法则的精髓是：事故的发生是量的积累的结果；再好的技术和再完美的规章，都无法取代人自身的素质和责任心。由此可见，只要我们加强忧患意识，见微知著、防微杜渐，抓住这"29 次"中的一次，就完全可以把事故消灭在"摇篮"中。

艾舍尔的水能流动吗
——怪异的"瀑布"

一幅美丽的《瀑布》画（图1）：中部，瀑布倾泻而下，水花溅起，水经过水槽向下流去，经过三个直角曲折，流向高处的瀑布口！

1961年，荷兰艺术家、版画家默里斯·戈罗奈里斯·艾舍尔（1898—1972），画了这幅石版画。

图1

我们可以看出，艾舍尔在这幅画中戏剧性地表现了"局部"合理的"概念圈"成了"全局的"悖谬：无论我们从何处开始，顺着"圈"中的水流看下去，水流在每段路上似乎都完全是正常的、流畅的、自然的；但是，在最后，我们突然惊讶地发现，水流又回到了开始的地方！

这真是不可思议：水究竟是往上流，还是往下流？

作为整体来看，整个的"水流圈"显然是不可能有的，但圈上的每一段却都"没有问题"。这个悖论我们姑且叫作"瀑布悖论"。显然，呈现悖论的是全局的或者整体的方面，而不是局部。

图2

图2的平面棋盘和图1有某些相似之处——它由荷兰艺术家布鲁诺·厄恩斯特（Bruno Ernst）以瑞典艺术家奥斯卡·雷乌特斯瓦德（1915—2002）的一个设计为基础创作。

1979年，美国数学家道格拉斯·理查德·霍夫斯塔特（1945— ）出版了一本名为《GEB——一条永恒的金带》的书。书名中的"G"，是指在奥匈帝国的布尔诺（今属捷克）出生、1940 年移居美国的数学家哥德尔（Gödel，1906—1978）；"E"指前面提到的艾舍尔（Escher）；"B"指"音乐之父"、德国作曲家巴赫（Bach，1685—1750）。这本书有商务印书馆在 1997 年出版的中文译本，书名被翻译成《哥德尔艾舍尔巴赫——集异璧之大成》（简称《哥－艾－巴》），"霍夫斯塔特"也被翻译成了"侯世达"。

霍夫斯塔特

　　这本书的书名和内容一样使人好奇，在美国曾轰动一时，并荣获普利策奖——由赴美匈牙利人普利策（1847—1911）创立。以这位办报人命名的奖项，虽然每份的奖金只有 1 000 美元，但却是新闻界的最高奖赏。那为什么霍夫斯塔特会把数学家、画家、音乐家绑捆在一起，而使书名中有"GEB"呢？

《哥－艾－巴》封面

　　这本书认为，人的思维存在一个"怪圈"或悖论，它会使人的思维在前进过程中不自觉地回到起点上去。哥德尔不完备性定理使我们面临必须二择一的两难境地：要么在逻辑思维中可以是不一致的；要么导致另一个结果，使我们无法用逻辑去证明所有看来是根据逻辑提出的问题，这就是不可判定性。哥德尔不完备性定理，就指出了数学中的这种怪圈或悖论。

艾舍尔

　　霍夫斯塔特也在巴赫的乐曲中发现了相应的音乐"怪圈"。

　　"卡农"是英文 canon 的音译，是复调音乐写作技法之一。它的特点是同一旋律以相同或不同的高度在各声部出现，而后面的声部按一定的间隔依次模仿前一声部进行。用卡农技法写成的乐曲称为"卡农曲"，轮唱曲就是卡农曲中的一种。

　　德国大作曲家巴赫曾用卡农技法写成了举世闻名的主题乐曲《音乐的奉献》，并把它献给了他崇拜的当时的普鲁士国王——腓特烈二世。

《音乐的奉献》由三个音部组成。当最高音部演奏主题时，其余两个音部提供卡农式的协奏。这种卡农曲的奥妙之一在于，它神不知鬼不觉地进行变调，使结尾最后又平滑地过渡到开头。这种首尾相接的变调使听众有一种不断增调的感觉。在转了几圈之后，听众已经感到离开原调很远，但奇妙的是，通过这样的变调却又回到原来的调上！

巴赫

这就是音乐中怪圈的实例。对此，有人将它称之为"无限升高的卡农"（图3），霍夫斯塔特把它叫作"螃蟹卡农"，我们则把它称为"巴赫的音乐悖论"。

对此，巴赫当时不无得意地在旁边的空白处写道："转调升高，国王的荣誉也升高。"霍夫斯塔特则在《GEB——一条永恒的金带》中写道："巴赫和艾舍尔用两

图3 巴赫《音乐的奉献》中的"逆行卡农"

个不同的'调子'——音乐和美术——演奏着同一个主题。"

由此可见，霍夫斯塔特把数学家、画家、音乐家绑在一起的原因是，在这些领域中都有怪圈或悖论这条"永恒的金带"。

霍夫斯塔特在书中对艾舍尔用绘画表现这种怪圈的能力大加赞赏："在我看来，把怪圈概念最优美最强烈地视觉化了的人是荷兰版画家艾舍尔。艾舍尔创作了一些迄今最富于智能启发力的杰作。他的许多作品都源于悖论、幻觉或双重意义。数学家成为艾舍尔作品的第一批崇拜者，这是不难理解的，因为他的画经常是建立在对称或模式等等这类数学原理上的。"

"但是，一幅典型的艾舍尔作品所含的内容远不仅是对称或模式。在他的作品里常常有一个化入艺术形式里的潜在概念。具体点说，怪圈就是艾舍尔画中最常出现的主题之一。"霍夫斯塔特在书中还说，

"艾舍尔用了几种不同方式来表现怪圈，它们可以依照圈的紧凑程度排列起来。石版画《上升与下降》（图4）中，修士们永无休止地转着圈子。这是最松散的一幅，因为在回到原出发点以前要经过许多阶段。《瀑布》中的圈就要紧凑一些。"

《上升与下降》这幅反映"景深视错觉"的画，是艾舍尔在1960（一说1961）年画的。

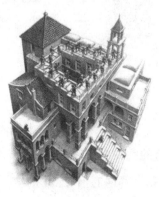

图4

错觉包括视错觉、时间错觉、形重错觉（例如觉得等重的铁比棉花要重一些）、触错觉（例如对同样温度的热水，冷的手比热的手觉得温度要高一些）等在内的多种。

视错觉又称视幻觉，通常指视觉上对物体的形状、长度、面积、色彩、方向、方位等产生的错觉。

视错觉的产生，有心理上的原因——著名的"杯弓蛇影"的故事，就是一个典型的例子。当然，也有诸如色盲等眼睛疾病的原因，但这些都不具有普遍的意义。具有普遍意义的是，正常眼睛在看物体的时候，因为时间、空间、环境和光线等因素不同而产生的错觉。例如，"方向错觉"产生的原因就有多种：人的"内耳"对眼睛看物形成干扰；对参照物的错误想象或参照物的位置变化；眼睛看物时因"运动后效应"的反应等。

视错觉在许多方面都有应用，比如用于形象设计中的发型、化妆和服饰。具体的实例有：头大脸宽的人适合戴有沿的大帽（对男女），并长发披肩（对女性），这样头就显得小一些；头小脸窄的人要把头发分到两边，让脸显得宽一些；脸短的要亮出额头，脸长的额前要留各式刘海。颈脖细长的，领口不宜开得过大过低；颈脖粗短的，夏天宜着低领服装。矮胖的，宜着竖向条纹套服，并穿上同色系的鞋袜，可以给人纤长的错觉；身材过于细长的，宜着松衣宽裙及横向条纹的上装。

走"正路""误入歧途"
——无处不在的怪圈

"快！小王，蒙上眼睛，走过来摸这个佛像，摸到了有奖！"小王的女友小张玩得兴起。

"这有什么难的！"小王当然要"露一手"，很快回答。

小王蒙上双眼，伸出双臂，"瞄准"佛像走去……

"哈，偏了吧！"小张乐不可支。

小王取下蒙在双眼上的布条："啊！怎么走到佛像旁边去了？"

…………

在许多旅游景点，都有一个"瞎子摸佛"——蒙上双眼走一段路去摸"佛"字或一座佛像的游戏，但"尽性而来"的游客常"扫兴而归"——大多以失败告终。

"瞎子"们"瞄准"正前方的"佛"走去，但……

其实，这也是一种"怪圈现象"。

人在漆黑的夜晚、迷蒙的雾中、茫茫的风雪中和遮天蔽日的森林中等无法辨别方向的环境中行走，无论起初朝着什么方向，其结果都是不断地回到原来的出发点。这是行走时的一种"怪圈"。

美国作家马克·吐温（1835—1910）在他的《国外旅游记》中就

记叙了他在一家旅馆的一个黑暗房间里旅行了整夜的故事。在那天夜里，他在那个房间里转圈 47 英里（1 英里合 1 069.344 米）——仍然没有走出房间。虽然这一故事有夸大其词之嫌，但人在无法辨别方向时会转圈却是不争的事实。

马克·吐温的转圈奇遇，在中国被称为"鬼迷路"或"鬼打墙"——当然不止是在房间内。有人把这种现象归结为病理－生理现象，因为世间本没有鬼，有的只是人们"疑神疑鬼"。只要消除恐惧心理，让头脑冷静下来，就可以走到目的地。从生理角度说，则有下面的解释。

因为人的两脚的力量大小不等，所以左脚走出一步与右脚走出一步的长度，就不相等。这"不相等"使每走一步就偏离前进方向一点点——"差之毫厘"。许多步积累起来后，最终就严重偏离前进方向而回到原地——"失之千里"了。

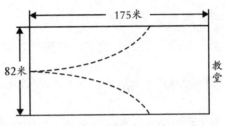

马尔克广场上的"瞎子"们没能走到对面的教堂

有人在威尼斯的马尔克广场上做了这样一次试验。把一些人的眼睛蒙上后，把他们送到广场的一端，叫他们走到对面的教堂去。虽然要走的路仅有 175 米，却没有一个人走到宽达 82 米的教堂前——都走成了弧线，偏到一边碰到广场边的柱子上。

在 1896 年，挪威生理学家、动物学家 F. O. 古德贝克对类似问题做过专题研究。他搜集的例子之一是，有 3 个旅行家在宽约 4 千米的山谷中，企图在黑夜里走出山谷，但走了 5 次，都回到了原出发点，最后筋疲力尽，只好坐待旭日东升。不仅走路如此，划船也是如此。古德贝克还搜集了一个浓雾中的小船在一

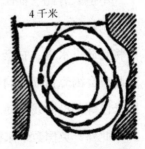

3 位旅行家黑夜转圈

个 4 千米宽的海峡兜圈子的例子——人在两手划桨时用力不等使船的行进路线偏离，而不断偏离之后，就回到了原地。

那么，这种"转圈"是不是每走出一步时两脚相差都很多呢？

假设人在行走时两脚之间的距离是 10 厘米（"转圈"图中内外圆半径的差），右脚每步（弧 A' B' 的长）比左脚每步（弧 AB 的长）多走 0.1 厘米，右脚每一步的长是 70 厘米，R 是小圆半径。那么，走了一圈时右脚走了 $2\pi(R+10)$ 厘

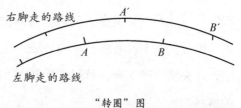

右脚走的路线

左脚走的路线

"转圈"图

米，左脚走了 $2\pi R$ 厘米，右脚比左脚多走了 20π 厘米。由于走了一圈时两脚共走了 $\dfrac{2\pi R}{70}$ 步，即左右脚各走了 $\dfrac{\pi R}{70}$ 步。这样，右脚就比左脚多走了 $\dfrac{\pi R}{70}\times 0.1=20\pi$（厘米）。从这个式子可算得 $R=14\ 000$ 厘米 = 140 米。

由此可见，只要右脚每步比左脚多走 1 毫米，就会在半径为 140 米的圆周内转圈。同法可知，只要右脚每步比左脚多走 0.07 毫米，就会在半径为 4 千米的圆周内转圈。总之，不需要每走出一步时两脚相差很多，就会在不太大的圆周里"转圈"！

不但人有此"怪圈"，许多生物也是这样。北极探险家发现，爱斯基摩狗拉雪橇时如不导引，这些狗会在雪地上转圆圈。把狗的眼蒙上并将它放进水里，它会在水里转圈。瞎眼的鸟在空中会转圈，被击伤的野兽会因恐慌而不自觉地沿曲线逃离，蝌蚪、螃蟹、水母、微生物阿米巴等都沿曲线运动。

此外，英国数学家图灵（1912—1954）在计算机理论中指出，即使可以设想的最有效的计算机，也存在着无法弥补的漏洞。这个与美国数学家哥德尔（1906—1978）的不完备性定理等价的理论，是人工

智能（Artificial Intelligence，简称 AI）和思维的怪圈。

图灵

由此可见，怪圈是科学、艺术和生物等领域中一个普遍的现象，怪不得霍夫斯塔特将怪圈称为"一条永恒的金带"。

怪圈现象和有关悖论，使我们清醒地认识到，人们必须克服僵化的思维定式，才能跳出怪圈，而每次跳出怪圈的约束，都表明了知识范围的扩大和思维层次的递进；但这一领域依然有许多未解之谜。看来，人类认识自己、认识大自然依旧长路漫漫。

都是"景深"惹的"祸"

——从《不可能的画》到《天平》

前面，我们已经知道了艾舍尔的《上升与下降》是一幅反映景深视错觉的作品，这样的作品随处可见。

图1是英国民族风俗画家威廉·霍加斯（1697—1764）于1754年所创作的取名为《不可能的画》的画。

霍加斯

从《不可能的画》中可以看到，一个站在远离河边的平台上的人正从河中钓起一条鱼。假如单看平台上的钓鱼人这一部分，那是合情合理的，没有什么不对的地方。如果把平台上的钓鱼人和远处坐在河边的钓鱼人对照起来看，那就出现矛盾了，因为从透视角度来看，这两个人相距很远，说明平台上的人离河也很远，他是根本钓不到鱼的。另外，房子里二楼窗口有一位老太太伸出头来和山冈上的行人在攀谈，看上去也合情合理，可从整个画面来看，就会判断出

图1

这也是不可能的，因为这两个人之间的距离已远到几乎连声音都听不到了。这就是立体转变成平面引起的景深视错觉。据说，这幅画中有20多处透视错误。

图 2 是艾舍尔的另一幅有名的景深视错觉画。

图 2

初看乍观，似乎没有什么差错，但仔细一看，就可发现图 2 中有 3 个不可能的地方。首先，二楼和三楼之间的梯子是不可能这样架设的。其次，二楼和三楼的柱子扭转了，原属里面的柱子，它的下端却移到了外面，反之，原属外面的柱子，它的下端又移到了里面。第三，二楼和三楼扭转了 90°。

在日本，也有不少的画家应用拓扑学和视错觉原理来作画。其中最有名的是画家、作家安野光雅（1926—　）——"日本的艾舍尔"。图 3 的《天平》就是他的作品之一。

图 3

初看上去，这架天平正确无误，但仔细看时，可发现天平的底座放在天平的一只盘子中，这显然是不可能的。

"局部"和"整体"闹别扭

——从《立方体》到《磁扭器》

表现"不可能的图形"（impossible figure）已经成为现代艺术的一个重要部分，表现的形式也是多种多样的。

图1的《立方体》是安野光雅的作品。从局部看，这幅画是正确的，但从整体看，这幅画就错了，根本不存在这样排列的方块。

图1

在现代，瑞典艺术家奥斯卡·雷乌特斯瓦德于1934年首次画出了不可能的物体——由15个立方体组成的"不可能的三角形"（图2）。这里的三个直角似乎形成一个三角形，但三角形是一个平面而非立体的图形，它的三个角的和为180°，而不是270°。显然，它是不可能存在于空间的。1958年，奥斯卡·雷乌特斯瓦德又给出了一个不可能的立方体。

图2

图3左边和图2非常相似，图3右边是其"变种"——它的作者也是奥斯卡·雷乌特斯瓦德。图3中部则是"麻友"们的"杰作"。

图3

图4

1961年，由英国父子数学家——莱昂内尔·萨尔普勒斯·彭罗斯（Lionel Sharples Penrose，1898—1972，也是遗传学家、医生和国际象棋理论家）和罗杰·彭罗斯（Roger Penrose，1931— ，也是天体物理学家、哲学

彭罗斯父（左）子（右）

家）重新得到了类似图2的三角形——他们称之为"立体的矩形构造"的"三接棍"。此前的1958年，罗杰·彭罗斯就把它发表在英国的《心理学》杂志上。

　　彭罗斯父子还引入了一个永无止境的楼梯（图4）——它当时名为《女像柱》，但是，这个图的雏形的首创者，则是雷乌特斯瓦德。后来，荷兰艺术家布鲁诺·厄恩斯特添加了7个人物形象之后，更凸现了空间的不一致性，成为图5的样子。艾舍尔在他使用了"视力幻觉法"的名画《瀑布》和《上升和下降》中，参考了这个范例，而视力幻觉法的首创者则是罗杰·彭罗斯。

图5

　　图6a被称为"海蜇"，从数学的角度看，也是一幅不可能的图形。它的"邮票版"在奥地利于1981年9月14日发行（图7）。这种图，最早也是艾舍尔创作的，比利时艺术家马瑟·黑梅克由此汲取灵感，创造了这种不可能存在的"盒子"的实物模型（类似图6a的图6b）。

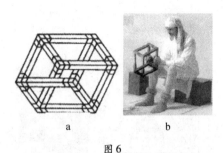

a　　　　　b

图6

图7

　　图8也是一个不可能存在的图形。图9是在荷兰梅奈亨公教大学

认知和信息学院工作的英国电子工程师、娱乐数学家李·塞西尔·弗莱彻·萨罗斯（1944—　）博士的作品。这个"五角星"既没有数字，也没有字母，但一看就能明白——一幅不可能的图形。类似图6、图7、图9的，还有图10那样不可能的曲折体——匈牙利艺术家托马斯·伐克斯的作品。

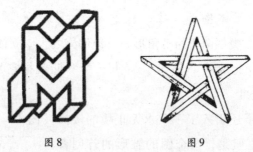

图8　　　　　　　　　　图9

图11这把"不可能的叉子"，左右两边分别是用电子计算机在黑白转换之前和转换之后的样子，也是不可能的图形。类似的图12，究竟是一条裤子，还是三个喇叭？

你能说出"海蜇""五角星""叉子"和"裤子"为什么是不可能的图形吗？

从局部看来，图13似乎是可以存在的图形，但事实上却同样没有这样的物体。

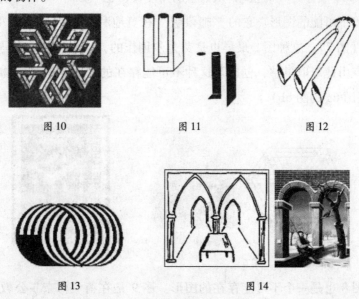

图10　　　　　　　图11　　　　　　　图12

图13　　　　　　　　　图14

古往今来，不可能的图形不断刺激着艺术家和数学家们兴奋的神经，考验着他们的智力。那么，不可能的图形是从何而来的呢？不可能的图形大概就是由于艺术家们错误的透视画法所造成的结果。要不就是故意的。我们在修复15世纪荷兰布拉达的G.柯克的作品中发现了这类例子。

我们见到的图14左边——三柱两拱结构，就是G.柯克的作品。图里中柱是共线的，但它出现的方式是：前面的弯拱安置在它上面，而第三根柱基却出现在背景里，这显然也是不可能的图形。图14右边则是类似的不可能的图形（左边的柱子是不可能靠前的）—— 一个冬日场景。这是佛兰德斯（Flanders）的艺术家约瑟·德·梅根据真实场景创作的。佛兰德斯是公元前1世纪西欧的一个历史地名，泛指古代尼德兰的南部地区，包括今比利时的东佛兰德省和西佛兰德省、法国的加来海峡省和北方省、荷兰的泽兰省。

在16世纪，G.B.皮仑尼斯创作的石版画——《想象的地牢》，其中也出现了不可能的图形，他所创造的是一种奇怪的空间景象。

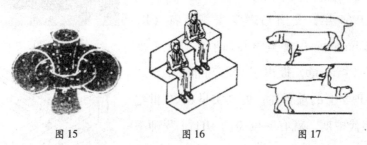

图15　　　　　　图16　　　　　　图17

罗杰·彭罗斯是一位想象力丰富的怪才。大约在20世纪70年代，他推出了一种磁扭线的理论：虽说磁扭是看不见的，但他坚信，由于磁扭线之间的相互影响，空间和时间会"绞在一起"，就像图15所画的《磁扭器》那样。

图16中的两个人，总有一个坐错了位置。图17中的3条狗，看上去总不对劲。

当代美国魔术师杰瑞·安德鲁斯创造了两个"精彩螺母"（图18），但显然也是不可能的幻觉作品。他的"疯狂木板箱"

（图19）则类似图6、图7。

图18

想知道安德鲁斯是怎么魔术般地"进入"这个"疯狂木板箱"的吗？请看图20吧——原来，他是从另一个角度拍摄的！

下面，我们用图21的"魔鬼的音叉"（the devil's fork，简称"魔叉"）来详细解析图11所示的"不可能的叉子"。乍一看，图21右上方魔叉的左下方的三个顶端为圆柱形，能穿过三个孔套后，让三个螺母（图21的右下角是它的放大图）拧在上面。奇怪的是，这个魔叉却在它的右上方中部神奇地过渡成为两个连接的四边形柱体！

图19

由于魔叉很有名，所以它的"绰号"也不少："魔鬼的餐叉""三根U形棍""不可能的圆柱"……

1964年，美国心理学家舒斯特（D. H. Schuster）在《美国心理学》杂志上发表了一篇文章，提出了"不可能的图形"在心理学上的重要性，但其实早在20世纪50年代中期，就有一位美国MIT工程师率先提出了这一问题。

图20

在早于舒斯特的1964年的5月和7月，魔叉分别出现在几个流行的工程学、航空学与科幻类出版物上。最早出现在杂志封面上的魔叉，是在1965年3月的MAD杂志上（图22），但它是美国商业艺术家、画家诺尔曼·西奥多·明戈（1896—1980）摘录的，所以至今不知道是谁最先绘制出魔叉。艾舍尔则在他的很多木刻画上，用魔叉作为其他不可能的三维组合图形的基础。

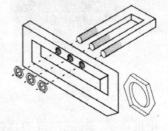

图21

图 23 是魔叉的一个"变种"。

图 24 是"不可能世界"里五花八门的众多图形的一小部分，其作者都是奥斯卡·雷乌特斯瓦德。

图 22　　　　　　　　图 23

图 24

当心"场外"操纵

——"三只手"作一幅画

出色的现代视错觉画家艾舍尔，喜欢貌似三维物体的二维图像——图像不可能在三维空间中构造出来。他像魔术师那样，以画的形式给大家变幻出光怪陆离的不可思议的世界。例如 1948 年，他创作了一幅名为《素描的手》（又译《画手》）的画（图1），这是一幅平面和立体交错的视错觉画。

在《画手》中，一只左手在画一只右手，而与此同时，右手又在画左手。

图1

乍看起来，《画手》没有什么不妥，但仔细一想，就有问题了——这一张白纸上的左右手，究竟是谁先把谁画出来的呢？不论怎样回答，都会陷入"先有鸡，还是先有蛋"的困境之中。

平时被看作组成了层次结构的那些层次——画的和被画的彼此重叠，又一次地构成了一个缠结的层次结构。这恰恰说明了这个故事的一个主题，因为在全部这些东西之后隐藏着一只没有画出的但正在画的手，它属于艾舍尔——《画手》的创作者。艾舍尔处于这两只手所在的空间之外。在霍夫斯塔特为《画手》所画的示意图（图2）中，你可以清楚地看到这一点。

在图2中，在上部可以看到那个怪圈，或缠绕的层次结构；同时，也能看到下部那个不受干扰的层次，而且"水下的"使"水上的"成为可能。

这就是说，这幅似乎没有什么毛病的画，有两个悖论。局部看来是正确的画，从整体看来却是错误的——既然一只手还没有画出来，它怎么去画另一只手呢？另一个悖论是，真

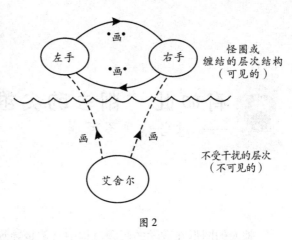

图2

正在画的手，并不是在"场内"的那两只手，而是在"场外"的艾舍尔的一只手——总共"3只手"。

霍夫斯塔特还说，可以使《画手》进一步"艾舍尔化"——拍一张一只手正在画它的照片。

艾舍尔的其他不可能的图形还有1955年的《凹凸》，那是利用立方体看起来或凹或凸的两重性创作的；1958年的《望远楼》，那是利用不可能的长方体创作的。

有如此"削去的尖锥"吗

——想当然并不可靠

骗人的图形在数学的解题过程中常常是导致失误的一种原因。

例如，有这样一道题：求 18，6.5，10.8 为边的三角形的面积。解题者往往只注意用什么公式来计算。其实，只要检查一下这个"三角形"的边，就知道它并不存在，因为三角形任意两边之和总是大于第三边的，而这里 $6.5 + 10.8 < 18$。

类似的问题也出现在立体几何中。图1是一个"斜四棱锥"被削去了尖部所剩下的那一部分——我们姑且称为"斜四棱台"，问有没有可能存在这样的"斜四棱锥"和"斜四棱台"？

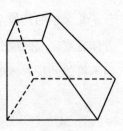

图1

如果凭想当然就回答"有可能"，那就错了。

事实上，这样的"斜四棱锥"和"斜四棱台"不可能存在。只要看一下图2就明白了。由于各侧棱的延长线并不交于一个点，所以它们不能形成一个锥体。

这个因棱锥引出的想当然错误，我们把它称为"斜四棱锥悖论"。

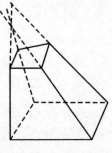

图2

只有"一个面"的纸
——迷人的莫比乌斯带

大家都知道,一张条形纸(图1a)有两个面。那么,有只有一个面的纸吗?

我们把图1a这张纸按图1b的方式粘结起来,就得到一个有双边的环——依然有两个面。

如果把图1a这张纸扭转180°,按图1c的方式粘结起来,虽然也得到一个有双边的环,但却只有"一个面"。

这个面叫"莫比乌斯曲面",这个只有"一个面"的环,叫"莫比乌斯环"或"莫比乌斯带"。

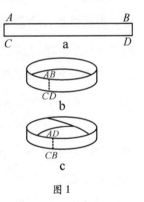

图1

莫比乌斯带是德国数学家莫比乌斯(1790—1868)在1858年最早发明的,是拓扑学——数学的一个分支——的重要内容。

从此以后,数学家、科学家、艺术家和作家,都用它来检验自己的想象力。

那么,莫比乌斯曲面究竟是不是只有一个面呢?我们请一个运动员兼裁判——蚂蚁来帮忙吧。

图2是我们的老朋友艾舍尔在1963年的木刻大作《莫比乌斯Ⅱ》。图中的这只蚂蚁爬呀爬,爬呀爬,怎么也爬不到"边"。最后,筋疲力尽的蚂蚁只好说:"确实只有一个面。"

当然，你也可以当这个裁判——用一支铅笔就能不离开纸地描遍图1c的整个表面。

这样，悖论就出现了：一张有两个面的纸，怎么转眼间就"丢"了一个面呢？

这让我们想起了下面这个科幻故事《一列名叫莫比乌斯的地铁》（创意图见图3）。这个故事是由美国人多伊特奇（A. J. Deutch）在1950年写的。

86号列车从波士顿地铁系统中神秘地消失了，什么痕迹也没有留下。虽然很多人都说他们听到了列车

图2

在他们的正上方或正下方飞驰的声音，但是谁也没有看到它。当确定这列火车位置的所有努力都失败之后，哈佛大学的数学家罗杰·图佩罗给交通中心打电话，并且提出了一个惊人的理论：这个地铁系统非常复杂，以至于它可能变成了一个莫比乌斯带的一部分，而那列"丢失"的火车可能正在这条带子的"另一个"面上跑着它的正常路线。面对极度惊愕的市政官员，他耐心地解释了这种系统的拓扑奇异性。

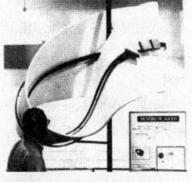

图3 沿着巨大的莫比乌斯带迂回的模型火车。这次有趣的展示是 IBM 主办的展览《Mathematica：数的世界及其他》的一部分，由美国最著名的家具与室内设计师之一的查尔斯·艾姆斯（1907—1978）和蕾·艾姆斯（1912—1988）夫妇制作。在美国的几个大科学馆巡回展出过，摄影师是查尔斯·伊姆斯

在经过一段时间——确切地说是10个星期之后，这列丢失的列车又重新出现了，它的乘客都安然无恙，只是有一点累……

让你玩翻天
——五花八门的莫比乌斯带

莫比乌斯带有许多有趣的性质，也很好玩。

设想在图1的莫比乌斯带这样的世界里，有一只猫，它是像二维的侧面黑色影像那样出现在带上的。这只猫从带上的某一点开始散步，走呀走，终于又走回到出发点。在抵达出发点时，会发现自己翻转了一个个儿，就像改变了方向一样。如果它再走一圈，又会发生什么事呢？

图1

如果一只二维的右手套沿着猫所走的同一条路移动，当它回到出发点时将变为一只左手套。

把图2左边的莫比乌斯带沿中间那条线剪开，会是两条莫比乌斯带吗？如果不是，又会是什么？

图2

只要你动手试一下，就会得到图2右边那样的一条比左边长一倍的莫比乌斯带——还比左边的多扭转了180°，但依然是"一个面"。

莫比乌斯带还有双层和三层的，甚至多层的。

取两张一样大小的纸条重叠在一起，把它们同时扭转180°，再如图3那样把各自端头分别粘合在一起，就得到"双层莫比乌斯带"。它整个看起来像是两条贴在一起的莫比乌斯带。

然而，果真如此吗？你先把手指（或小棍）伸进两条带子的中间隔层，并移动手指，看会发生什么情况？也许这会与你事前想象的大不一样！

你想要弄清刚才发生的情况的原因吗？那就把这个双层莫比乌斯带打开吧。它打开之后的样子是套在一起的两个莫比乌斯带！

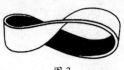

图 3

再如图 4 取三张一样大小的纸条重叠在一起，把它们同时扭转180°，再把各自端头分别粘合在一起，就得到"三层莫比乌斯带"。三层莫比乌斯带被打开之后是什么样子呢？

图 4

这次你一定要自己动手做一做了。

对于上面的双层（或三层）莫比乌斯带，如果你能在制作之前采用不同颜色的纸条，就更漂亮了。当然，如果你兴趣正浓，还可以玩四层的、五层的……

莫比乌斯带的性质和趣味还远远不止双层或多层的这些。例如，按图 5 取一条较宽的纸带，在它的中央的两面都涂上一条色带——宽度约为带子宽度的1/3。再把它扭转 180°，并将端头粘合在一起，就形成了一条莫比乌斯带。最后，分别沿着色带的两条边缘——将其剪开。

图 5

你猜猜看，结果会是什么？

答案也许会大大出乎你的意料，它是如图 6 的套在一起的两个莫比乌斯带。这两个圈似乎应该是"平等"的，即周长一样。但有趣的事实却是，两个圈一短一长——涂色圈的周长只有没有涂色圈的一半！

图 7 右边所示的"拓扑手镯"也和莫比乌斯带一样有趣。图 7 左边那种被切了三个口子的材料，经过"拓扑手镯小姐"从左到右令人眼花缭乱的"穿行"，就成了似乎不可思议的"拓扑手镯"。

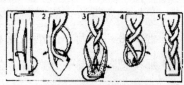

图 7

不只是好玩
——大显神通的莫比乌斯带

莫比乌斯带不但好玩，而且有用，它已经广泛应用于制作循环磁带、电脑打印机对纸的两面进行打印、环形计数器、纽带环形计数器、制作零阻抗电阻和转换元件、恒温控制、有机化学合成、机械制造、艺术创作等众多领域。以下是一些实例。

宇宙有边还是无边，有限还是无限？这至今没有定论。普遍的看法是，宇宙是无限的，且允许哲学家和科学家从不同角度来进行探讨。

爱因斯坦超越了"有限必有边，有边必有限；无限必无边，无边必无限"的传统观念，建立了"有限无边"的宇宙模型。用莫比乌斯带，就可以对这个模型做通俗比喻和说明——我们在宇宙中穿行，就像蚂蚁在莫比乌斯带爬行一样。当然，也有人用我们后面要说到的"克莱因瓶"来做比喻。

传动带在工业上有着特殊的重要性。像图1那样传统的"单面磨损"传动带，显然不及图2那样"双面磨损"的"莫比乌斯传动带"寿命长。美国B. F. 古利曲公司就拥有一种莫比乌斯传送带的专利。这种传送带使用的寿命更长，而且整个曲面上的磨损和撕裂比一般的带子更加均匀。

图1

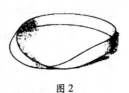

图2

1981年，美国科罗拉多大学的D. M. 瓦尔巴合成了一种莫比乌斯带形式——双层梯状的带形分子，由碳和氧的原子组成。

一种两面都记录有声音的莫比乌斯带已由德·福雷斯特（1873—1961）于1923年设计出来。同样的思路也可用于循环录音磁带。

O. H. 哈利获得了一种莫比乌斯研磨带的专利。

图3

在20世纪60年代，拓扑异构酶让长长的DNA链复制时不至于被缠绕，这是拓扑几何对分子生物学的贡献。

1963年，J. W. 雅科布斯制造出了一种使机器干燥清洁的莫比乌斯自我洁净器。

R. L. 戴维斯发明了一种无抗电阻莫比乌斯带，并获得了美国原子能委员会的专利。

在艺术中，一座钢制的莫比乌斯带雕塑坐落在华盛顿地区的史密斯森历史和技术博物馆。

艾舍尔把莫比乌斯带用在我们前面提到的木刻画《莫比乌斯带Ⅱ》和木刻画《莫比乌斯带Ⅰ》（图3）中。《莫比乌斯带Ⅰ》，实际上就是我们在前面提到的那个双层莫比乌斯带。

图4

当然，天才的艾舍尔用莫比乌斯带为主题的画作还有很多，例如1946年作的《骑马的人》等等。

莫比乌斯带还是以下方面的热门主题，如雕塑、杂志封面（例如《纽约州人》）、邮票（例如巴西于1967年发行的邮票，见图4）和绘画艺术等。

莫比乌斯带还被采用于许多小说中。例如，在《星际旅行——下一代》中的"时间拐弯"这个情节里，"事业"号飞船进入像莫比乌斯带那样的"时间带"，为"船长"赢得了解答问题的宝贵时间。

图5

如果你走进在北京的中国科技馆大厅，就可以看见一个"大数学明星"（图5）—— 一个巨大的莫比乌斯带——串串彩灯沿着它在不停地转动。

只有"一个面"的"瓶子"
——迷人的"克莱因瓶"

如果把两条莫比乌斯带的纵长方向粘结在一起，就会形成著名的"克莱因瓶"——类似图1上部所示的图形。克莱因（1849—1928）是一位德国数学家，他最早设计的这种拓扑学的"瓶子"，"底部"凹进，中空。

从上述用莫比乌斯带制作克莱因瓶的方法中，可以看出两者之间有趣的联系。

这种瓶的迷人之处是，它也只有一个面，而且它穿过自身，自我封闭而没有明显的"边界"。如果把水灌进去，那么水会从同一个洞流出来。如果放一只蜘蛛在上面，不管它从哪里开始爬，也不管它从内爬到外，还是从外爬到内，它始终会回到原地——不需越过本来就没有的"边界"。

图1

一个"复杂"的"立体瓶子"，怎么就只有"一个面"呢？这就形成了悖论。

更加迷人的是，如果将图1上部的克莱因瓶沿着它的长度方向切成两半，将会形成图1下部那样的两个莫比乌斯带。当然，这两个莫比乌斯带和前面我们说过的那种莫比乌斯带的形状有些不同，但本质——只有"一个面"——却是相同的。

事实上，这个过程就是前面我们用两个莫比乌斯带制作克莱因瓶过程的"逆过程"。

你也可以做一个克莱因瓶模型，并把它剪成两半，观察它所生成的两个莫比乌斯带——像图1那样。

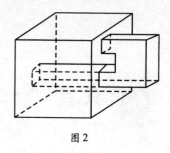

图 2

图 2 是一个类似克莱因瓶的模型，它也只有"一个面"，你也可尝试着做一个这样的模型，并把它剪成两半，看看会得到什么？

用眼睛"化圆为'方'"
——"圆点视错觉悖论"

在古代数学中,有一个著名的"化圆为方"问题——把一个已知的圆用尺规作图法化为和它面积相等的正方形。后来证明,这是不可能的。

可是,我们的眼睛却可以"化圆为'方'"——当然,你会在下面看到,这里的"方",已经不是正方形那个"方"了。

当你近看图1的时候,看见的是黑色背景上的许多白圆点(左)或黑圆点(右)。如果你把书移到比较远的地方看去,这图就完全变了一个样子:你看到的已经不是圆点,而是像蜂房一样的六角形了。

图1 远看,黑(右)白(左)的圆点都成了六角形

出现这种现象的原因是什么呢?

"有人把这个视错觉用'光渗现象'来解释……我们应该说,关于视觉上的错觉,现在所有的解释都不能够认为是十分完备的,许多错觉甚至到现在还没有找到合理的解释。"苏联著名数学教育家、科普作家别莱利曼(1882—1942),在《趣味物理学》中这样写道。

什么是光渗现象呢?

当我们观察一个具有明暗对象的区域时,光线进入位于我们眼后的视网膜时扩散了。结果明亮的光线或亮的区域就溢出,并渗入视网膜上影像的暗区。这样一来，亮的区域就显得比同等大小的暗的区域要大一些，就像图2那样。这也解释了为什么穿暗色的衣服，特别是黑色的衣服，比起你穿亮丽的衣服或同等式样的白色衣服，会使你显得更为瘦长。这种大小的错误幻觉就称为"光渗"。

图2 等大的黑白方块、圆点看起来白色的更大

下面的实例也能说明光渗现象。请从远处向图3望去，问下面的黑点跟上面随便哪一个黑点之间的空隙里，能够容纳得下几个一样大小的黑点—— 4个呢，还是5个？你一定会很快回答，放4个太宽，放5个怕又放不下。

假如说那个空隙里一共只能够容纳3个黑点——不能够再多放了，你一定不会相信。那么，就请你拿一条纸条或者圆规去量一下，证明这个"假如说"并没有错。

图3 下黑点和任一上黑点间的空隙看起来好像比两上黑点外端边缘间的距离大，实际上两个距离相等

这里，黑色的一段距离在我们的眼睛里看去觉得比同样长短的白色的一段距离短，这个长短的错觉也是光渗现象。这个现象是由于我们眼睛不够完善所产生的，因为如果把我们的眼睛当作一种光学仪器来说，还不能够100%地适应光学的严格要求。眼睛里折射光线的介质在眼球视网膜上造成的像的轮廓，比不上在校准得很好的照相机的毛玻璃上所得到的像那么清楚：由于所谓"球面像差"作用的结果，在每个光亮的轮廓外面有一圈光亮的镶边围绕着，这镶边就会把这轮廓在眼球视网膜上放大，结果使得光亮的部分看起来仿佛比跟它相等的黑色部分大了。

光渗现象还用在魔术表演中。在"推斗式人体三分柜"的节目中，魔术师对柜内的女演员拦腰插入两块"钢刀板"，将她"切"成三段，而演员的头、脚仍在活动；等到把钢刀抽出以后，女演员却安然无恙。其实，女演员纤细的腰身只占据一部分空间，并且是暗区，其余部分

又特别明亮，使人们看不清楚。由于同样大小的黑色物体和白色物体，看起来黑色物体显得小些，所以人眼误以为特别狭窄的暗区容不下女演员的身体。这种视错觉就造成了钢刀"真的"将人割成三段的效果。

光渗现象首先是由 19 世纪的德国生理学家、物理学家亥姆霍茨（1821—1894）发现的。

亥姆霍茨

德国大文豪和思想家歌德（1749—1832），也是一个自然现象的精细的观察者。"深颜色的东西看起来要比同样大小的鲜明颜色的东西小。假如把画在黑色背景上的白圆点跟画在白色背景上的同样大小的黑圆点同时放在一起看，会觉得黑圆点要比白圆点小 1/3，如果把黑圆点适当放大，那么两种圆点看起来就仿佛相等了。"他在他的《论颜色的科学》一书中说："一弯新月看起来仿佛是比月面的阴暗部分（有时候它是可以看得出来的）有更大直径的圆的一部分。穿深色衣服的人，要比他穿鲜明颜色衣服的时候显得瘦些。从门框后面看一只灯，可以看到正对那灯的门框旁边仿佛缺了一些。放在烛光前面的一把尺子，在

歌德

正对烛光的地方显出有一个凹痕。日出和日落的时候，地平线上都仿佛有一个凹陷似的。"

歌德的这些观察，大体上都正确，但是白圆点并不一定比黑圆点大固定的几分之几。这个差数，是随着我们看这两个圆点的距离的增加而加大的。

哪一个字母更黑些
——"像散视错觉悖论"

假如你用一只眼睛看右边的俄文字母图，你会感到这 4 个字母仿佛并不是一样黑的。此时，多数人都会觉得字母 A 看上去最黑。

然后，从图的另一个方向（对字母 A，左右方向除外）——例如，从书的底部向

顶部再向这 4 个字母看去，这时，你会惊奇地发现：刚才那最黑的字母 A 已经变成灰色的了，而现在最黑的字母，已经是另外一个字母 Л 了。

实际上这 4 个字母都是一样黑的，只是涂着不同方向的"白色阴影线"罢了。

假如眼睛的构造跟最好的玻璃透镜完全相同，那么阴影线的方向就不会影响到字母的黑色程度。可是，我们的眼睛对于来自各种方向上的光线并不是完全一样地折射的，因此我们就不可能同时清楚地看到垂直、水平以及斜向的线条。这就是所谓人眼的"像散现象"。

完全没有这个缺点的人是很少有的，有些人的眼睛，像散作用达到了严重的程度，甚至显著地妨碍了他的视觉，降低了视觉敏锐的程度。这种人要能够清楚地看到东西，就得戴特制的眼镜。

人的眼睛还有许多种缺点，可是制造光学仪器的技师却会把这些缺点一扫而光。亥姆霍茨对于这些缺点曾经这样表示："假如有一个光学仪器制造家想把有这些缺点的仪器卖给我，我认为我有权利用最不

客气的方式指出他的工作的不经心，把他的仪器还给他，并向他提出抗议。"

那么，从哪一个方向看去时，某一个字母"看上去最黑"呢？或者问，让某一个字母"看上去最黑"有没有规律呢？有的。

这个规律就是，从与哪一个字母白色阴影线一致的方向看去，这一个字母就最黑。例如，前面我们从书的底部向顶部（或顶部向底部）看去时，视线方向和字母 Л 的白色阴影线一致，Л 最黑。又如，我们从书的左边向右边（或右边向左边）看去时，视线方向和字母 A 的白色阴影线一致，A 最黑。

被欺骗的眼睛
——圆为什么变成"螺旋"

"图1中的两幅图都不是螺旋形。"我想，你很难同意这句话。

这时，你不妨用直接简单的"实验"来判定。把铅笔尖放到你认为是螺旋的线纹上，沿着那曲线画过去，就会恍然大悟——那些仿佛是"螺旋线"的图形，实际上却是一些

图1

同心圆！图1左边这些同心圆被称为"弗雷泽螺旋"，也叫"编索错觉"。詹姆斯·乔治·弗雷泽（1854—1941）爵士，是英国心理学家、宗教历史学家、现代社会人类学的奠基者。他在1906年创造了一整个系列的这类"螺旋图"——缠绕线幻觉图。图1右边这些同心圆被称为"韦德螺旋"。尼古拉斯·韦德（1942— ）是出生在英格兰，1970年移居美国的视觉科学家、艺术家、科学作家和记者。

图2是在上述经典弗雷泽螺旋幻觉基础上的一个变化——同心圆被扭曲为螺旋。它属于一般的扭旋幻觉种类之一，具有立体感——被称为"克塔卡螺旋"。对于这类"圆变螺旋"的现象，克塔卡解释说，无论何时，当在一致方向上产生倾斜的线的幻觉被整合成同心圆时，我们就会看到螺旋效果。

这就是被欺骗的眼睛——在一些精心设计的明暗线条的映衬下，我们被艺术家们"引入歧途"……

对这种现象，苏联著名科普作家别莱利曼在《趣味物理学》中写道："光学上的'欺骗'非常之多，我们足以把视错觉的各种例子收集成一本书……"

弗雷泽

18世纪的大科学家欧拉在他的有名的《有关各种物理资料书信集》里也写道："整个绘画艺术是建筑在这个欺骗之上的。假如我们习惯按真实的情况去判断物体，那么，美术就没有地位，跟我们瞎了眼睛一般。那时候美术家会枉费了放在调色上的全部心机；我们会对他的作品这样说：这儿是一块红斑，这儿是灰色的，那儿呢，一片黑的和一些白线；这一切都在同一个平面上，看不到什么距离上的差别，而且也一点不像什么东西。无论这幅作品上画着些什么，对我们来说，就会像纸上写的信一样……在这种情形下，我们失去了愉快的有益的美术每天给我们带来的乐趣，不是会觉得可惜吗？"

韦德

看来，应该感谢美术家们对我们的"欺骗"，否则就没有那么多让我们陶醉的绘画作品，否则文学家笔下就没有"风景如画"这个词了……

图2

形形色色的"欺骗"
——俄文字母是倾斜的吗

除了感谢美术家们对我们的"欺骗"，我们还应该感谢——造物主给了我们一双有缺陷的眼睛。

可不是么？否则，在图1a的"白线"交叉点上，我们为什么会看到有灰点在游移呢？类似，在图1b的"白线"交叉点上，我们移动目光会看到有暗点和亮点在快速变化。这两种现象，都是"赫尔曼格栅错觉"（Hermann grid illusion）大家族中的成员。卢迪马尔·赫尔曼（1838—1914）是一位德国生理学家。产生图1b的现象，是因为视网膜上的神经节细胞同时感受到黑色和白色区域，于是在交叉处就看到暗点和亮点。

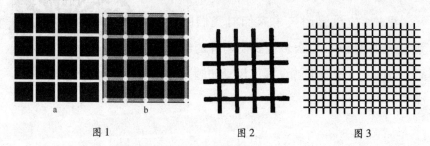

图1   图2   图3

同样，在图2的"黑线"交叉点上，我们为什么会看到有白点在游移呢？这种"勒索闪烁的网格幻觉"，是德国视觉科学家迈克尔·施若夫和 E. R. 威斯特在1997年发现的。

与图1、图2不同，图3是"共时对照幻觉"的典型例子：交叉部分的白点显得比白色方格更白更亮——尽管二者的颜色并没有区别。

图4是一幅"消磨亮度幻觉"图，作者是卡尼札。图中有两朵

"云"——第二排中间的黑正方形被灰色包围后似乎比其他黑正方形更黑，而第五排中间的白正方形被灰色包围后似乎比其他白正方形更白。

图4

在图5格子的背景上，有4个俄文字母组成的单词，意思是"影子"。你的眼睛一定不会同意，这些字母的长笔画，都是垂直于书的底边的，因为在你看来这些长笔画都是倾斜的。不过，当你用直尺的边缘往字母的长笔画边缘一靠的时候，就会知道自己错了。

像这种因受"欺骗"而产生的视觉错觉，美国女数学科普作家西奥妮·帕帕斯在《数学趣闻集锦》一书中，把它叫作"视幻觉"。

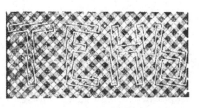

图5

人们研究视幻觉的历史，可以追溯到100多年前。

19世纪下半叶，在视幻觉领域掀起了一阵兴趣的波涛。这期间，将近有200份由物理学家和心理学家撰写的论文发表，这些论文对视幻觉和它为什么会发生，做了细致的描述。

视幻觉是由人们的注意力、眼睛构造，或两者的结合而产生的。我们看到什么并不意味着它总是存在，重要的是要凭实际测量确定，而不是基于感觉的结论。

到目前为止，对这种视幻觉的可能的解释有以下几种。

图6

①设置在平行线段上不同方向的锐角之间的差异。

②眼睛视网膜的曲率的差异。

③有层次的线段使我们的目光集中和分散，它造成了平行线段视觉上的弯曲。

人们还发现，当斜的线段与平行线段成45°角时，造成的视幻觉尤为强烈。

虽然科学家们对视幻觉做出了各种各样的解释，但至今没有一种说法令人十分信服。

图7

类似图5的"欺骗"，还有图6——比尔·切斯塞尔创作的这个图形中的各个正方形，都被那些放射线扭曲得不像正方形了！

图7是几个同心圆被扭曲成"玫瑰"的例子。

图8中的多个正方形，本来并不倾斜，但被摆放得零乱之后，就显得有点东倒西歪了。这个"晃动的方格幻觉"，是心理学家保罗·斯诺登和西门·沃特于1898年发现的。它是一个"定位对照幻觉"的例子——两个正方形邻边的定位差异，被视觉系统的神经连接部分夸大了。神经连接部分有时强化了感知的差异，这有助于我们察觉微小的事物。

图8

图9中心的方块看起来是突出的吗？请您用直尺检查一下吧！结果发现是眼睛"上当"了。日本大学（Nihon University）的日本艺术家兼视觉科学家北岗明加（Akiyoshi kitaoka，1961— ）教授创造了这个新幻觉，他称之为"咖啡馆幻觉"。

图9

谁与它"一脉相承"
——"眼见"也不"为实"

直线 *AB* 被一个长方形"障碍物"隔开，像图1那样。

AB 这条直线被"云山阻隔"了，可是我们依然应该找到谁与 *AB* "一脉相承"——是 *CD*，还是 *EF*？或者问，*CD* 和 *EF*，谁是 *AB* 的延长线？

"这有何难，*CD* 呗！"小明看了几秒钟，就给出了答案。

如果你也这么回答的话，那也和小明一样——错了！

这也是一个视幻觉引起的悖论。

事实上，*EF* 才是 *AB* 的延长线。

要证实这个事实并不困难，这里有两种方法。

第一种方法是，把书平放在和眼睛一样高的位置，从 *DC* 向 *BA* 望去，你会发现

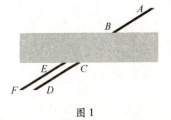

图 1

DC 和 *BA* 并不"一脉相承"。其实，*DC* 和 *BA* 平行，但不在一条直线上。从 *FE* 向 *BA* 望去的时候，正好看到它们在一条直线上。当然，你也可以来个"反其道而行之"——从 *AB* 向 *CD*（或 *EF*）望去。

如果你对你的眼睛不太放心，那就用第二种，也是更加可靠的方法——把直尺放在图上一比……

像图1那样，如果一条直线以某个角度消失于一个实体表面后，随即又出现于该实体的另一侧，看上去会有些"错位"，这就是非常著名的几何光学视错觉——"波根多夫错觉"（Poggendorff illusion）。该

名称是以它的发现者——德国物理学家约翰·克里
斯坦·波根多夫（1796—1877）的名字命名的。

波根多夫

如果一条直线的中部被覆盖，其两端看起来就
不再像直线了，这是方向错觉，也叫波根多夫视错
觉。例如黑白相间的网格图2，看上去在中间黑色
区域的交叉部分会有灰色的阴影，实际并没有阴
影，这也是产生了视错觉。它是由于图像映射到视
网膜上，对视神经细胞产生刺激，接受黑色部分刺
激的细胞受到旁边接受白色部分刺激
的细胞的影响，于是在两者之间产生
了过渡，这就形成了灰色的阴影。

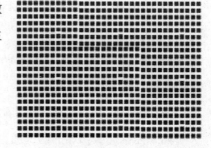

图2

"偶然"、痴迷、结果
——有趣的"佐尔纳线"

图 1 是在 19 世纪触发视幻觉研究的一幅图。这种视错觉图称为"佐尔纳线"（Zöllner's line）。它的奇异之处在于，4 条粗黑线每条本来都是很规则的细长矩形，但在那些黑白"锯齿"状斜短线的映衬下，看起来显得"横七竖八"，不平行也不规则了。

约翰·卡尔·弗里德里希·佐尔纳（Johann Karl Friedrich Zöllner，1834—1882，佐尔纳又译松奈或佐尔内）是一位著名的德国天体物理学家和天文学教授，他在对彗星、太阳和行星的研究，以及光度计的发明等方面，做出了许多贡献。

图1　　　　　　　图2　　　　　　　图3

1860 年的一天，佐尔纳偶然间遇到了一块类似于图 2 所画的编织物，其中实际上平行的 4 条直线看起来却并不平行。这种现象引起了他的好奇和研究，并乐此不疲。后来，痴迷于此的佐尔纳终于有所斩获，制作了图 1～图 3 的三种佐尔纳线。这种数条平行线各自被不同方向斜线所截时，看起来就产生了两种错觉（平行线不再平行，不同方向截线的黑色深度不相同）的视错觉——"佐尔纳视错觉"（Zöllner illusion）。

图4和图5是另一种类型的、类似佐尔纳线的图形。

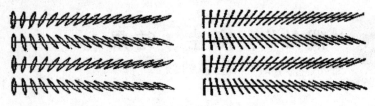

图4　　　　　　　　　　　图5

要证明图1～图5中的那些线的确是平行的，你仍然只要用尺子比比就可以得到答案。此外，据别莱利曼在《趣味物理学续编》中说，在电火花下看图4和图5，眼睛就不再受到"欺骗"了。这是因为这种视错觉和眼睛（视线）的移动有关，而在电火花短暂闪光的照耀下，视线是来不及移动的。不知道这是不是一个"普遍原理"。

也许是颜色的"诱惑"

——这些"环片"相等吗

　　圆环，大家都熟悉。把圆环沿着直径方向或大致沿着直径方向切成一些小块，就成了我们下图中的样子，我们叫它们"环片"。

　　你可以看到，"环片"№1 和№2 是完全一样的——从形状到大小。

　　现在，请你取适当厚薄的纸片，按书上№1 和№2 的实际大小各剪一块，然后把№1 涂上红色，№2 涂上蓝色。这时，你会看到，当№1 如图 1 放在后面的时候，红"环片"№1 显得更短，而当№1 如图 2 放在前面的时候，红"环片"№1 显得更长！

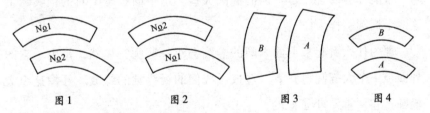

图1　　　　　图2　　　　　图3　　　　　图4

　　这，也许是颜色的"诱惑"吧！

　　但是，这个结论下早了点——图 3 或图 4 的"双胞胎"都是白色，不也显得 A 大 B 小吗？

　　这，就是"视错觉"或"视幻觉"的魔力！

　　这类视错觉，叫"贾斯特罗错觉"。

它们本是"孪生姐妹"
——形形色色的"面积悖论"

在图 1 的"桶"中，是下面的椭圆大些，还是上面内圈的椭圆大些？

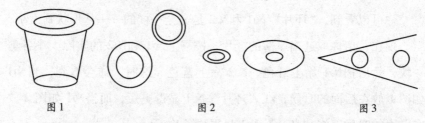

图 1　　　　　　　图 2　　　　　　　图 3

可能你会回答，是下面的椭圆大些。这个回答是不对的，实际上这两个椭圆一样大。

那为什么看起来上面内圈的椭圆会小一些呢？显然，是由于它的外面被一个大椭圆衬托着，造成了我们的视错觉的缘故。好像这个大椭圆把它"箍"小了似的。

造成这种视错觉的另一个原因是，整个图形看起来不像是平面的，而是像一只立体的"桶"，这就使我们不由自主地把这些椭圆看成是圆的投影。这些原因，都使我们"误入歧途"。

在图 2 左边的两个圆环各自内圈的那个圆，本来面积是一样大的，但看起来却是右边圆环内圈的那个圆显得大一些。用椭圆代替圆（图 2 右边——"多尔波耶夫错觉"）也是如此。

在图 3 中的两个圆，似乎靠近角顶点的那个圆大一些，但实际却是两个圆一样大。

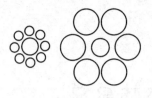
图4

图5

在图4中，看起来左边图中间那个圆比右边图中间那个圆大，但实际上两个圆却是一样大。这种错觉被称为"艾宾豪斯错觉"（Ebbinghaus illusion 或 Ebbinghaues illusion），由德国心理学家赫尔曼·艾宾豪斯（1850—1909）首先发现。类似的错觉还有图5。

艾宾豪斯

"艾宾豪斯错觉"也叫"月亮错觉"。"月亮错觉"最早由意大利心理学家马里奥·庞佐（1882—1960）说明（所以也叫"庞佐错觉"——Ponzo illusion）：人类的大脑根据物体所处的环境来判断它的大小。庞佐用两条完全相同的线段（图6中的两条横向

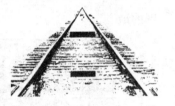
图6

粗线），放在向某一点汇集的两条直线（"铁轨"）中，来展示这种错觉（图6中远处的粗线比近处的似乎要长一些）。"月亮错觉"在生活中最直观的证明是：满月的夜晚地平线上的月亮看上去显得比在头顶上空时大。原因之一是，我们自然而然地认为天空是"倒扣的锅"，地平线比头顶上空距离我们更近，因此月亮看上去显得更大。更主要的原因是，头顶上包裹地球的大气很薄，我们的视线很容易穿过，而靠近地面时，视线不容易穿过，从而形成强烈透视造成"月亮错觉"。

图7中的两个梯形是完全一样的"孪生姐妹"，可我们却觉得上面那个看着大些。

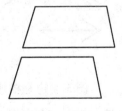
图7

"长短悖论"林林总总
——不只是田野里的视错觉

一眼从图 1 左边的田野望去，就觉得 *AC* 比 *AB* 长，但实际上它们是一样长的。

当然，这种视错觉不但发生在"大地"，而且发生在"海洋"和别的地点。

图 1   图 2

图 2 中两艘轮船上甲板的长度本来是相同的，但看起来左边那艘的甲板更长。

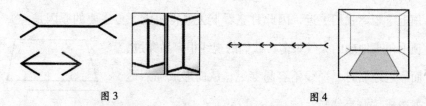

图 3   图 4

图 3 左边是横放的两条一样长的线段，可是在"箭头"和"箭尾"的干扰下，上面那条却"变长"了。这个图形，是德国心理学家、精神病学家和社会学家弗朗茨·卡尔·缪勒·莱耶尔（1857—1916）设计的，发表在 1889 年的一期《德国心理学》杂志（*German Journal*

Zeitschrift für Psychologie）上。这个非常著名的现象，被称为"缪勒·莱耶尔错觉"（Muller－Lyer illusion），也叫"箭形错觉"。图3右边是它的"竖直版"。图4的左边和右边，则分别是它们的"重复克隆版"与"房间版"（"房间"内下部的粗线比中部的粗线短）。产生"箭形错觉"的原因是，我们将箭头向内的这条线段，看成了一个更大图形的一部分，所以这条线段也就"变短"了。这个现象也许能给我们这样的启示：如果对自己身高不满意，那么就去烫个头吧！

图5中的 a 和 b 本来一样长，但位置不同，a 就显得长一些——这在心理学上称为"竖线高估现象"；而且摆成图6那样也"无济于事"——不妨称为"横线高估现象"。这类错觉叫"垂直－水平错觉"，也叫"菲克错觉"（Fick illusion）。

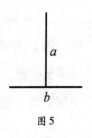

图5

图7中 A 和 B 之间的距离，与 M 和 N 之间的距离相比，本来一样长，但我们的眼睛经不住"欺骗"，总会觉得 A 和 B 之间的距离长一些。

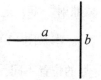

图6

由图8所表示的作图方法不难看出，$\triangle ABC$ 是一个正三角形，但看上去 AB 比 AC（或 BC）短。发生这个视错觉的原因在于，C 点处曲线的曲率比 A 点（或 B 点）的曲率小。当然，这里的 A 点（或 B 点）处曲线的曲率，是对⊙O 而言的。

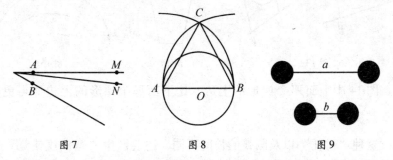

图7　　　　　图8　　　　　图9

图9中的 a（是缪勒·莱耶尔错觉的变形，不包括两个黑圆的直径；其中的圆也可以不涂黑），看起来比 b（包括两个黑圆的直径）长。但是如果你实际用尺子或圆规来测量比较的话，就会发现 a 和 b

一样长。

图10（"桑德视错觉图"）中的 AB 和 AC 本来一样长，但在平行四边形的"诱惑"下，AB 好像更长一些。

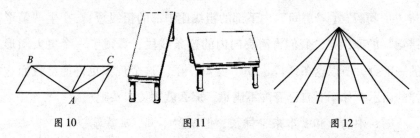

图10　　　　图11　　　　图12

图11 中的两个桌子的大小、形状完全一样——如果不信，就自己动手量一量。这个"谢泼德桌面"的作者，是美国斯坦福大学的心理学家罗杰·谢泼德。

图12 中的两条本来一样长的"水平"线段，在一组"放射线"的"照射"下，上面那条"变长"了。

本来图13 中的 $AB = CD = EF$，但是，由于它们在小角和大角内所处的位置不同，我们就感觉到 $AB > CD$，而 $CD > EF$。这也是其他图形"衬托"的结果。

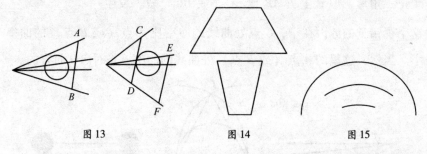

图13　　　　图14　　　　图15

图14 中上面那个梯形的上边，比下面那个梯形的上边显得更长——其实是一样长。

这种"衬托"以及圆弧的长度不同，还会产生"弯曲度错觉"即"托兰斯肯弯曲幻觉"——在图15 中，似乎看起来从上到下的三段圆弧半径在增大，但实际上是一样的。这种错觉使我们在乘车时，看到远方很弯曲的路在到达时变得不那么弯曲了。

　　这种"衬托"的例子很多。在图16中，如果您认为左边那条粗实线比右边那条粗实线更短（这是"米勒－莱尔透视幻觉"），那就错了——量一量就知道，它们一样长。这类错觉由阴影引起，类似的例子如图17：上部、下部分别有阴影"衬托"的圆，各自是凹陷、凸起的。

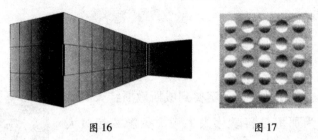

图16　　　　　　　　　　　图17

未必"近大远小"

——"不遵守"透视原理的透视现象

有机会到伦敦，你一定要到威斯敏斯特大教堂一游，因为那里是科学伟人牛顿等英国"超级大腕"的长眠之地。当然，首先映入你眼帘的是，又名西敏寺教堂的这座教堂顶上的大钟，它几乎和这座教堂"一样大小"（图1）！

图1

"别骗我了！谁不知道你把这个大钟搬到教堂下面的马路上，而且放在我的面前，让站在画面左下角的'小小的我'，显得像一个可怜的虫子。谁不知道，'近大远小'嘛！"

是的，的确"近大远小"，因为不管从数学、绘画学的透视原理角度，还是从物理学的角度看，在近处物体的视角比同一大小的物体在远处的视角大。

不过，这个真理，在我们的"透视悖论"——"近小远大"中却成了"歪理邪说"。不信，请看图2。

图2中的三个人看起来高矮不同，而且近处的最矮；然而，如果用尺子来量，你就会发现他们的身高相等。这不是"近小远大"，又是什么！

图2

当然，你一定明白，这里"近小远大"的"歪理邪说"能"得逞一时"，是因为配景迷惑了你的眼睛。

类似的例子还有图3近处的一个"机器人"比远处的矮。

图3

我们有时对高度的视错觉，还可以通过下面的小实验得到证明。

你手里拿着一本书，请你在离墙根较远处用手指出，假如把这本书齐墙根竖立在地板上的话，在墙壁上应该有多高。等你指出之后，我们再把那本书放到墙根那去实际比一下。这时你会看到，书的实际高度几乎只有你之前所指出的一半。

这儿发生错觉的原因是在于我们顺着某一个物体的长度方向望过去的时候，这个长度会显得短一些。

图4

刚才你在判断书的高度时产生的视错觉，我们在确定高处物体大小的时候也经常会发生。

例如，我们在确定钟楼上时钟的大小的时候，错误会特别显著——虽然我们都知道这种钟是非常大的，但是我们所想象的它的大小，总要比实际的小。假如像图1那样，我们在面前看到放在马路上的西敏寺教堂顶上的"庞大"时钟，再对比着看看那"瘦小"的钟楼，我们一定难以相信钟楼上的那个"小小的圆孔"会装得下这只"大大的时钟"。

波罗米尼

图4中的罗马圣卡罗教堂，是一座在1638—1667年建造的巴洛克式建筑，由意大利建筑师弗兰西斯科·波罗米尼（Francesco Borromini，1599—1667）设计。

角度也能"放大缩小"
——奇妙的"角放大镜"

世界上只有一种"东西"不能放大或缩小——你猜猜，是什么"东西"？

答案是"角"——包括圆弧的度数等。不信，你用放大镜看看就知道了——例如20°的角，在放大镜下看到的依然是20°。

可是，这里的角和圆弧的度数就"不同"了。

在图1中，∠α 和∠β 本来是一样大的。现在，我们把∠α"放大"——在它的"内部"作一个∠A，把∠β"缩小"——在它的"内部"作一个比∠A 大一点的∠B。

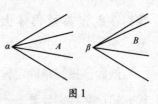

图1

现在你看，∠α 就被"放大"得比"缩小"的∠β 更大了！∠A 和∠B 成了"角放大镜"。

在图2中，弧 MN 和弧 PQ 是两段大小和曲率完全相同的圆弧。我们在弧 MN 的外侧和弧 PQ 的内侧分别加上一些沿着各自半径方向的短线之后，就觉得弧 MN 的曲率好像比弧 PQ 的曲率要小——弧 MN 比弧 PQ 显得平坦一些。

图2

半径方向的短线，不但可以"改变"弧的曲率，还可以"改变"弧的长短。

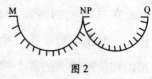

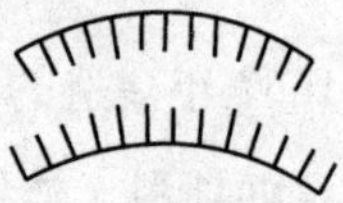

图3

在图3中，本来上下两段弧的长度是一样的，但是，在各自半径方向的短线的"干扰"下，下边的弧显得要长一些。

美少女＝老太太
——迷人的多义画

图1是一幅著名的视幻觉画。它的奇妙之处在于，当我们的眼睛在画面上游移的时候，就会出现两种"相差50年"的图形——一个老太太（嘴在底线中部向上约1厘米处）和一个妙龄女郎（面部在左边中部）。这幅画属于振动幻影一类，因为画面会在两种角色之间转换，创作者是W. E. 希尔，发表于1915年。这类视幻觉属于"振动视幻觉"。

图1

图2左边也是一幅同样著名的视幻觉画。当我们的眼睛注意黑影时，它是两个面对面的人头；而注意白色部分时，它却是一只花瓶。

图2

这是丹麦心理学家爱德加·罗宾（1886—1951）在1915年最早创作的二维雕像地面，被称为"罗宾花瓶"。罗宾是从19世纪的智力玩具卡片上获取的灵感。有人用罗宾"花瓶画"的创意制作了一个瓷花瓶（图2中部），献给了英国女王伊丽莎白二世（1926—　）和她的丈夫菲利普亲王，作为他们银婚纪念日的礼物。由于瓷花瓶左右两侧的边缘形状看上去分别像女王和亲王的头像，所以夫妇俩非常喜欢这件瓷器。这件珍品被收藏在伦敦的白金汉宫内。

当我们注视图2最右边图的黑色部分时，看到的是7条穿着长裤和平底皮鞋的腿，而注视白色部分时，看到的却是 6 条脚上穿着高跟鞋的长腿。

由此可见，图 2 的三个图都是多义画。

图 3　　　　　　图 4　　　　　　图 5

图 3 中究竟有几个人——两个还是一个？

图 4 是一朵充满浪漫情调的"爱之花"——你能看到玫瑰花瓣中隐藏的两个"亲密爱人"吗？它的作者是瑞士艺术家桑德罗·戴尔·斯普瑞特。类似，你能看到隐藏在图 5 这幅风景画中站立的拿破仑像吗？这幅画出现在他死后不久。

还有更奇妙的图 6——它竟有三种答案，而且答案竟都是对的！

如果你把视线从图 6 的左下角沿着对角线往右上角看，就会看到一个楼梯；如果你把目光从右上角沿着对角线向左下角看，你就会看到凹入的壁龛或挑出的飞檐；如果你离它远一点，左右上下来回乱扫几眼，那你就会看到一条手风琴褶壁状的纸条。

和图 6 类似的，是用电脑绘制的图 7——"斯洛德楼梯"。如果对它凝视太久，就会产生振动视错觉而猝然倒置——正放的楼梯变成倒放的楼梯。

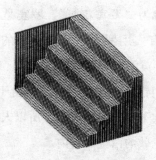

图 6　　　　　　图 7　　　　　　图 8

可是一旦看的时间过分长了，你的注意力就会疲倦，你会轮流地看到这三种东西。此时，"花"乱渐欲迷人眼，或许你早已不知道你自己想要看到哪一种了！

图8是另一类在世界上广为流传的多义画。从整体看，它是一幅肖像画——事实上是阿尔基·布哥顿的自画像；从局部看，却是各种各样的植物果实。这幅画，创作于1575年，现存于"维因美术史博物馆"。

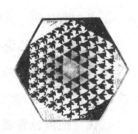

图9 　　　　　　　　图10 　　　　　　　　图11

图9是艾舍尔作的"对偶画"——《珀加索斯》。珀加索斯是希腊神话中长着双翼的神马。画中两匹相邻的珀加索斯之间的"空白"正好是一匹珀加索斯的复制品——只不过颜色正好相反。

图10也是艾舍尔作的"镜像对称画"——《平面的规则划分Ⅲ》。他在1957年作的这幅画中，有黑白两队骑马人逆向而行，其间镶嵌得天衣无缝。艾舍尔在1842年作的名为《辞》的蚀版画，如图11所示。相左的事物在不同的层次上被纳入了一个统一体。当我们的眼光顺着它扫描的时候，会看到黑鸟→白鸟→黑鱼→白鱼→黑蛙→白蛙→黑鸟。经过这六步之后，我们又回到了原地！

图12

图12是"国产"的《五子十童图》。只有五个头，但却可以数出十个孩子—— 一幅"镶嵌"加"共用"的妙作。

197

变幻莫测的正方体
——"简单线条"并不简单

图 1 中有几块立方体?

甲说有 6 块,乙说有 7 块。

甲说,把黑色看成是立方体的顶面,上层有 1 块,中层有 2 块,底层有 3 块,共 6 块。

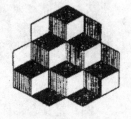

乙说,把黑色看成是立方体的底面,上层有 2 块,中层有 3 块,底层有 2 块,共 7 块。

甲与乙争论不休。究竟哪个对?

图 1

其实两个人都对,看的角度不同,"简单线条"组成的"简单立方体"也不简单——它也是多义画的一种。

图 2 与图 1 类似,但略有不同。类似的是,既可以把黑色看成是立方体的顶面,也可以把黑色看成是立方体的底面。不同的是,不管把黑色看成是立方体的顶面还是底面,立方体都只有 3 块。

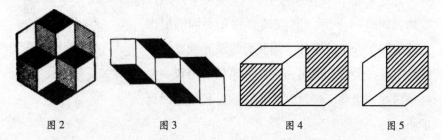

图 2   图 3   图 4   图 5

图 3 与图 2 属于同一个类型——除了立方体的数量不同。

在图 3 中,不管把黑色看成是立方体的顶面还是底面,立方体都只有 2 块。

图4 又是另一个类型。如果把左边的阴影看成是一个立方体的前面，那么立方体就是1块。如果同时又把右边的阴影看成是另一个立方体的前面——像图5（它是图4的右边部分）那样，那么立方体就有2块；但此时我们采用了不科学的"双重标准"。

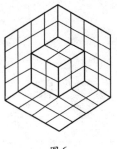

图6

图6中的小立方体，究竟是在外面，还是在里面？这里有三种答案：大立方体的角上有一个凹进去的小立方体；大立方体的角上有一个凸出的小立方体；在三面墙体的角落有一个小立方体。

能 "叫幸福永远在" 吗

——迷人的 "时间机器"

"让时间懂得去倒流啊，叫青春不开溜。"一首名叫《祈祷》的歌曲这样深情地祈祷。

那么，我们真的能回到童年，去"荡起双桨"吗？我们还是先来看70多年前的一个离奇故事吧。

第二次世界大战中的1943年12月，美国费城海军试验场。

"时空隧道"

美国海军启动了强大的磁场脉冲，用来做秘密试验的一艘驱逐舰立刻被一团绿色烟雾所笼罩，并消失得无影无踪。在短短几分钟以后，失踪的驱逐舰出现在470千米以外的诺福克码头……

对此，有些科学家认为，这是强磁场打开了"时空隧道"。后来还据此拍了一部名叫《费城实验》的电影。当然，人们至今仍不知道这个"试验"的真假。

乘"时间机器"穿越"时空隧道"到过去或未来去旅行，是一件惬意的事，也是科幻作品乐此不疲的重要题材之一。著名电影《星球大战》就是其中之一。一些飞碟研究者认为，飞碟就是通过"时空隧道"出没于地球的。

一个故事里说，布朗教授乘着时间机器返回到30年前，他注视着还是婴儿时候的自己并默问自己："假定我把这婴儿杀死，那他就不会长大起来而变成布朗教授，由于我婴儿时代就不存在了，我会突然消失吗？"

布朗能不能给出正确答案呢？

假如他杀死了这个婴儿，那布朗就会处于既存在又不存在的矛盾之

布朗在橡树上刻下自己的名字……

中。因为布朗既然杀死了婴儿时期的自己，那么根据逻辑，布朗就不存在了，但现在布朗又恰恰是存在的。尴尬的布朗不能解决这个矛盾。

这是一则"时间机器悖论"。

更尴尬的事还在下面。

后来，布朗又乘着时间机器飞驰到了30年后的某一天。他在他的实验室外的橡树上刻了自己的名字。

接着，布朗又回到了现在的社会。三年后，他决定砍掉那棵橡树，但砍掉橡树之后，他突然变得困惑了。

布朗默默地叨念："……三年前，我曾漫游过30年后的社会，并在这棵橡树上刻下了我的名字。再过27年以后，当我到了我曾到过的地方的时候，将会出现什么情景呢？什么树也没有了，因为那棵树早在27年前就被我砍掉了，我要刻名字的树从哪里来呢？"

时间，没有起点，不紧不慢地匀速前进，永不休止

布朗跑到时间前面，在树上刻下了自己的名字，这里面没有逻辑上的矛盾。矛盾是在他回到现时之后发生的，即在他回到现在之后，砍掉了那棵树，使它消失。这样，在未来的某个时候，就出现了树既存在又不存在的矛盾。因为树已被砍掉，显然未来就不存在这棵树了，但布朗乘时间机器到未来时代时，又要将自己的名字刻在这棵树上，这就出现了不可克服的矛盾；因此，这样的情况是不存在的。

这又是一则时间机器悖论。

在前面，我们没有考虑时间机器的存在性和可能性，只考虑在逻辑上是不是可能，即会不会出现矛盾。从上面的时间机器悖论可以明显看出，如果我们假定只有一个单一的宇宙，那么随着时间的演进，任何一个想进入过去的尝试，都将导致逻辑上的混乱。

可是，2005 年 5 月 7 日，在美国麻省理工学院召开的"时间旅行者大会"上，依然有一位研究生"要让生活在未来的人现身，证明时间旅行是完全可能的"。

有趣的是，即使时间旅行不可能，但科学家们对此的兴趣依然不减，因为它又带来了新课题：是什么物理法则阻碍了时间旅行呢？

"寻找往事踪影，往事踪影迷茫……"是啊，时间机器悖论告诉我们，"往事"的确"迷茫"，因此，我们不要过多地去寻找那些在"银色的月光下"的日子，而应该在"向前看"的时候，把握住每一个金子般的今天。正如凯·里昂所说："昨天是张被退回的支票，明天是张信用卡，只有今天才是现金，要善加利用。"否则，就会"活得累"——"需要的太少，想要的太多。"

山中数日　世上千年
——造就广义相对论的"双生子悖论"

大王回来了！《西游记》第四回有这样一段描写：当孙悟空知道，给他封的"弼马瘟"只是给玉帝养马的一名未入流的小官时，就回到花果山。群猴都来叩头，办酒接风，说："恭喜大王，上界去十数年，想必得意荣归也？"猴王道："我才半月有余，哪里有十数年？"众猴道："大王，你在天上，不觉时辰。天上一日就是下界一年哩……"

这种"世外数日，人间千年"的神话故事，在中国不止一个。

一个青年樵夫上山打柴，看见两个老人在下棋，就放下斧头观看。一盘棋结束，樵夫正要回家，却发现木斧柄已经烂了，真是"山中一盘棋，世上已千年"。木斧柄已烂，樵夫砍的柴禾当然也烂掉了。这就是"烂柯"的故事，记载在中国南朝任昉（460—508）写的一本叫《述异记》的书中。我们可以想象，如果樵夫出了山，就会发现斗转星移、沧桑巨变，早已"物非人非"了。

国外也有类似的故事。

有一对长得一模一样的孪生兄弟，达姆和迪姆。一天，弟弟达姆要乘坐速度接近光速的飞船，飞向地球邻近的一个星球，进行一次高速的空间往返旅行，而哥哥迪姆则在地球上的家里"坚守岗位"。

几天以后，弟弟达姆回来了，可是，他却认不出哥哥了——看见的只是一个白发长髯的老人。当这个老人说他就是迪姆，待在家里等自己的孪生兄弟达姆，等了50年……

那么，果真会出现这种"山中方数日，世上已千年"的情况吗？

距离我们 228 光年，有一颗叫 α 星的非常明亮的恒星，它位于南十字座。假设我们乘坐速度达到 0.99 999 倍光速的"光子飞船"飞了 1 年，那就可以根据相对论的一个公式算出，地球上已经过了 $1/\sqrt{1-0.99\,999^2}=223$（年）的时间。也就是说，只要 1 年多一点的时间，就可以到达 228 光年之遥的 α 星！

为什么会是这样的呢？

相对论告诉我们，在高速飞行的物体上，时钟会走得更慢，所以飞船飞了 1 年，地球上的人却已经过了 223 年。

可是，问题也同时出来了。

我们知道，运动是相对的。刚才说飞船高速飞行，显然有一个参照系——地球。

那可不可以选取其他参照系呢？完全可以——经典物理学告诉我们，参照系是可以任意选取的。我们就用当年英国物理学家金格里反驳爱因斯坦的相对论的方法——选这个高速运动的"光子飞船"做参照系吧。

显然，对"光子飞船"而言，"地球人"正以 0.99 999 倍光速背离它飞驰……

根据同样的相对论的道理，结果也出来了："地球人"的时钟变慢了，经过 1 年多一点的时间，"飞船人"经过了 228 年的岁月，到达了 α 星！感谢"上帝"——你造就了寿命超过 228 年的寿星。

对比前面分别用地球或飞船作参照系的同一次飞行，就得到了两个截然相反的结果：一个是"飞船人"变年轻，另一个是"地球人"变年轻！这显然是荒谬的。

于是，金格里说，只有"飞船人"和"地球人"一样年轻，才不会有逻辑上的错误，且应该抛弃相对论。

这是一个按照经典物理学无法克服的矛盾，就是著名的"双生子悖论"或"双胞胎佯谬"，又叫"时钟悖论"或"朗之万悖论"。朗之万（1872—1946）是一位法国物理学家，曾师从居里夫妇，1945 年任法国科学院院长。

双生子悖论是狭义相对论所有的悖论中最早被发现的一个。

可是，爱因斯坦不同意金格里的说法。他说——选地球作参照系和选飞船作参照系，两者是不同的，因为地球是（近似）惯性系，而飞船是非惯性系。也就是说，地球和飞船这两个参照系不是完全"平

双生子悖论：双生子兄弟，谁的寿命长？

权"的，相对论中的时间是相对的，但又具有绝对性，我的狭义相对论仅仅适用于惯性系。因此，"飞船人"变年轻是正确的，而"地球人"变年轻则是错误的。就是说，应该选取宇宙作参照系——谁相对于宇宙做更快的变速运动，谁就会变得年轻，或者说寿命更长。

此外，双生子悖论还涉及引力效应，这不是用狭义相对论能够解决的。

发现和"解决"了双生子悖论之后的 1915 年，爱因斯坦又创立了狭义相对论的发展形式——广义相对论。可见，"双胞胎"成了爱因斯坦创立广义相对论的"科学钥匙"。

对双生子悖论，各家之说"百花齐放"。例如，有的用"时钟延缓效应"来证明它的正确性，有的又从"心脏搏动"的角度解释。

另外的一些科学家，则企图通过实验来"用事实说话"。

例如，静止寿命为 2×10^{-6} 秒的 μ 子，如果用光速飞行，只能飞 $3 \times 10^8 \times 2 \times 10^{-6} = 600$（米）远。在 1966 年，物理学家让它在地球大气中绕直径约 14 米的圆周飞行，却飞了 9 500 米！可见，μ 子的寿命的确延长了，或者说它的半衰期增大了。让人思考的是，我们的"血肉之躯"也是由这些"基本粒子"构成的，我们的寿命又可不可能延长呢？

另一个例子是，在 1970 年 10 月，美国物理学家约瑟夫·卡尔·哈

菲勒（1933—2014）设计了"原子钟的环球航行实验"——把校准了的一只原子钟放在高速飞行的飞机上绕地球一周后，与同样校准了的放在机场的另一只原子钟比较。1971年10月，他和美国天文学家理查德·克廷（1941—2006）共同完成了著名的"哈菲勒－克廷实验"（Hafele-Keating experiment）。结果，前一只原子钟慢了 10^{-9} 秒数量级，验证了广义相对论的预言，但没有得到"世上已千年"的结论。

哈菲勒与克廷携两架原子钟乘商业客机，搭载一名空姐"环球一周"做"哈菲勒－克廷实验"

于是有人说，争论了几十年的双生子悖论已经解决。有进一步兴趣的读者，可阅读中国科学院理论物理研究所张元仲研究员的大作《狭义相对论的实验基础》第61页。

英国著名天体物理学家霍金（1942—2018）——"一颗刚刚出现在宇宙中的恒星"（指他在2018年3月14日辞世）就说，用"光子飞船"飞行的办法来延长寿命，"来回的次数要多得惊人，才能使人的生命延长一天"。

这些实验的原理正确吗？实验中的测量准确吗？实验可以重复吗？双生子悖论真的已经解决了吗？

爱因斯坦穷追猛跑
——造就狭义相对论的"追光"

1895 年，一辆马车在飞驰——16 岁的中学生爱因斯坦在去瑞士阿劳上中学的途中。

突然，这个中学生也"飞"了起来，做他的"理想实验"：如果我在真空中用光速追着一条光线跑，那么我就应当看到，这样一条光线就好像一个在空间里振荡而停滞不前的电磁场。可是，无论是依据经验，还是按照麦克斯韦方程，看来都不会有这样的事情。

根据经典物理学的运动相对性原理，这个结果却是肯定的。好像我们坐在一辆以固定的速度行驶在一条平直路上的汽车中，观察另一辆以相同的速度在同一方向上行驶的汽车，将会觉得另一辆汽车不动似的。

那么，问题出在什么地方？是实验事实不对呢，还是经典物理学有毛病？

这就是著名的"追光悖论"。

这个悖论一直折磨着这个"小小少年"，他反复地思索着，极力寻找问题的解答。

$$E = mc^2$$

经过"十年面壁"的爱因斯坦，终于 1905 年在德国的《物理学》杂志上发表了一篇划时代的论文——《论动体的电动力学》，从根本上突破了关于时间和空间的传统观念，提出了一种有别于经典物理学的新理论，这就是开辟了物理学发展新纪元的狭义相对论。

众所周知，狭义相对论是建立在狭义相对性原理和光速不变原理之上的。那么，这两个原理是如何发现的呢？两者又是如何统一起来的呢？与追光悖论又有什么联系呢？

爱因斯坦晚年在他的《自述片断》中说："在阿劳这一年里，我想到了这样一个问题：假如一个人以光速跟着光波跑，那么他就处于一个不随时间而改变的磁场之中。但看来不会有这种事情发生！这是同狭义相对论有关的第一个朴素的理想实验。"这就是说，爱因斯坦在阿劳中学读书的时候，狭义相对论的思想就在他的脑海里萌芽了，而这个萌芽来自追光悖论。

追光悖论的发现，不仅表明理论与实践之间存在矛盾，而且还体现了从一个理论观点到另一个理论观点之间的矛盾。经过"十年沉思"，爱因斯坦对追光悖论有了明晰的认识，他说：上述悖论现在就可以表述如下，从一个惯性系转移到另一个惯性系时，按照经典物理学所用的关于事件在空间坐标和时间上的联系规则，"光速不变"和"光速不变定律同惯性系的选取无关"是彼此不相容的。

实际上，追光悖论反映了间断的质点力学和连续的电磁场不一致的理论矛盾。这种不一致性集中地表现在牛顿力学所依据伽利略相对性原理和麦克斯韦理论所得出的光速不变原理之上。我们知道，从伽利略变换中一定能推导出绝对静止的坐标系，要求有绝对空间和绝对时间，并不存在极限速度；然而，光速不变则意味着光速是不可超越的极限速度。这种理论矛盾深深地困扰着爱因斯坦。他曾经尝试在传统观念的模型框架内解决这种矛盾，但努力的结果使他失望。

不过，这种失望却转化为爱因斯坦在科学研究道路上的动力，进一步促使他以怀疑和批判的眼光分析物理学的传统观念。他发现，只要把同时性的绝对性作为一个公理，就休想令人满意地解决追光悖论；与之相反，清楚地认识到狭义相对性原理和光速不变原理的抵触是表面的，并且把它们同时作为公理就能解决追光悖论。

考虑成熟以后，爱因斯坦仅仅用了约五个星期的时间，就写出了那篇划时代的论文，一举创立了狭义相对论。

横着的长杆能过城门吗
——有趣的"横杆悖论"

斐克小伙剑术精，

出刺迅捷如流星，

由于空间收缩性，

长剑变成小铁钉。

这是一首无名作家写的打油诗，描写的是高速运动物体的收缩效应——狭义相对论认为，运动物体在它的运动方向上的长度，要比静止的时候短。或者说，运动着的尺子在运动方向上会变短，但是，在通常速度下，这个"变短"是极其微小的。

根据"洛仑兹长度收缩公式"即"尺缩公式"$l = l_0 \sqrt{1 - v^2/c^2}$（$l_0$ 和 l 分别是物体静止和以速度 v 运动时的长度，c 是光速）可以算出，只有物体以光速的 50%、90% 和 99% 运动，它们的长度才分别缩短为静止长度的 86%、45% 和 14%。这里提到的洛仑兹（1853—1928）是荷兰物理学家。

由此可见，这位斐克先生出剑，一定得有"闪电般的速度"——例如光速的 99% 才能行！

相对论使空间具有弹性，这种情况导致一些人的"不满"。他们说，静止的 A 看到相对于 A 做高速运动的 B 缩短了；同时，如果以高速运动的 B 作为参照系，B 也会看到 A 缩短了。那么，究竟是谁缩短了呢？

这个问题不难回答。根据狭义相对性原理，两个观察者 M 和 N 比较沿着一条共同的轴运动的长杆，如果 M 认为 N 的长杆比他自己的短，那么 N 也会认为 M 的长杆比自己的短。这就是长度收缩的对称性。

相对论性的长度收缩不是什么"幻觉"——对每个人的感觉都会如此。尽管还没有直接的证据，但是原则上来说这是可能的。比如说，横着的长杆能通过城门。

中国古代的一个笑话说，一个人想要让比城门宽度大的长杆通过城门，他没想到可以竖着拿杆进城门，而是傻傻地把长杆折断为两段拿进去，故而引出了笑话。那么，不改变长杆方向，也不把长杆折断为两段可以通过城门吗？

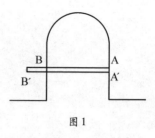

图 1

如图 1，假如杆长 5 米，城门宽 4 米，城门洞的深度忽略不计。此时，横着的杆是不能通过城门的。

现在，如图 2 让杆相对于城门高速运动，根据"尺缩公式"可以算出，当 $v = 1.8 \times 10^8$ 米/秒的时候，$l_0 = 5$ 米的杆就缩短为 $l = 4$ 米了。也就是说，当杆以大于 1.8×10^8 米/秒的速度运动到城门的时候，就可以横着通过城门了。这是相对于城门静止的人 P 拿着静止的尺子看到的现象。

进一步研究可以看到，一个随杆高速运动的人 Q 用相对于他静止的尺子去量城门和杆，将会得到这样的结果：用"尺缩公式"算得城门宽 3.2 米，而杆长 5 米。那么，5 米长的杆又怎么能通过 3.2 米宽的城门呢？于是出现了"横杆悖论"。

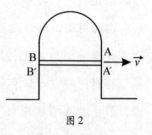

图 2

横杆悖论是"长度收缩悖论"或"埃伦菲斯特悖论"中的一种。埃伦菲斯特（1880—1933）是一个有犹太血统的物理学家，以提出"紫外灾难"闻名，于1933年在荷兰自杀。

那么，横杆悖论如何解释呢？或者问，P和Q究竟哪一个观察者发生了错误呢？

把A、A'相遇定为事件m，B、B'相遇定为事件n，那么P认为m、n同时发生。

Q则认为m发生在前，n发生在后，其间的时差可由相对论的"钟慢公式"算出，为10^{-8}秒。因此，Q认为横杆A'端先进入城门A端；经过10^{-8}秒之后，横杆B'端才进入城门B端。

由此可见，P和Q哪一个都没有错误——他们从不同角度解释了同一个现象。显然，"问题"出在"同时的相对性"上。

长度收缩悖论引出的问题还有很多。

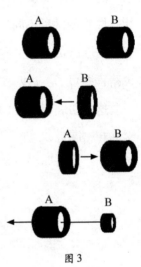

图3

有人认为，如果物体高速运动，长度、宽度、高度都要缩短。这个看法对不对呢？

我们假定有A和B两个圆环如图3所示做相对运动。根据相对运动的道理，A圆环向静止的B圆环运动；也可以说A圆环静止，而B圆环向A运动。这两种说法是等效的。A运动时A变"扁"，B运动时B变"扁"。在这两种情况下，最后都是A和B两个圆环相碰。

可是，如果运动着的B圆环长度、宽度、高度都缩短，那B圆环就变"小"了，就有可能穿过A圆环，那这两个圆环就不会相碰了。

这就提出一个问题：B圆环究竟是同A圆环相碰，还是从A圆环的"肚子"里穿过去？这个问题的形式是：先提出一个错误的假定，由此推出两个相反的结论，再问哪个结论正确。由于前提不能成立，所以由此提出的问题也不能成立。

这种"虚假"的问题从反面表明，物体高速运动时，只发生长度方向的缩短。所以，形象地说，当物体高速运动时，都好像变"扁"了。其实，只是长度的缩短，而不是三维都缩短。否则，相对性原理就会遭到破坏。

运动的钟变慢和运动的尺缩短，实际上是一回事（这就是时空的相对性）的两种不同形式的表现。到很远的天体上去旅行，既可以理解为是宇航员不需要花费那么多的时间，也可以理解为对于宇航员来说路程缩短了。这两种理解是等效的。

这一切表明，"红花白藕青荷叶，三教原来是一家"——自然界是多么和谐啊！

"卢克莱修矛"还在飞吗
——"宇宙无限论"生出"双胞胎"

在爱因斯坦之前的经典宇宙论者认为，牛顿时空是欧几里得的无限平直时空，无限的天体均匀地分布在这个无限空间里，并且在均匀地演化着。

这样一幅宇宙图景给"宇宙无限论者"和"宇宙有限论者"们带来了长期争论不休的问题。这个看似平凡的"简单"问题，包含着深刻的科学道理：它涉及宇宙大尺度的时空特性和物质分布的根本问题。

宇宙无限论者对有限论者提出了下面两个难题。

①如果宇宙有限，那么边界之外是什么？

例如，古希腊的阿尔希特就曾经问道：如果我一直往前走，最后走到宇宙的边缘，我用手杖向前一戳，岂不是把宇宙戳破了？古罗马的诗人、唯物主义哲学家卢克莱修（约公元前99—约前

卢克莱修

55）也问道：如果我走到宇宙边缘，举起长矛向前扔去，它会落到何处？

②如果宇宙有限，而人们先后提出的"地心说""日心说""银心说"都不正确，那么宇宙的中心在哪里？

宇宙有限论者不甘示弱，也对无限论者提出了两个难题。

①如果宇宙无限，那么远处天体的"平方反比"引力，将对各个

天体的各种参数——例如地球的引力发生严重的影响，但为什么事实却不是这样？

这第一个难题就是"引力悖论"。

②如果宇宙无限，就有无数个"太阳"——恒星，它们在晚上不是也一样照耀着背对太阳的我们吗？于是，天空应当是和白天一样明亮的"光的海洋"，但黑夜却为什么和白天不一样亮呢？

这第二个难题，就是奥尔伯斯提出的"奥尔伯斯悖论（佯谬）"（Olbers' paradox），也叫"夜黑悖论（佯谬）"（dark night sky paradox）或"光度悖论（佯谬）"。

德国天文学家、医生奥尔伯斯（1758—1840）是著名大数学家高斯的挚友，智神星、灶神星这两颗小行星和奥尔伯斯彗星，就是他发现的。虽然他的名字不像那些伟大的天文学家一般广为人知，但他在1826年发表的《论太空的透明》一文中提出的悖论，却使他名垂青史。

奥尔伯斯

奥尔伯斯在文章中做了四个假定：①无限的空间中充满了无限多的星体；②每颗星虽然有生有灭，但从整体看，宇宙的物质密度是一个常量；③从统计观点看，星体的发光强度基本不变，光的"平方反比"传播规律在大尺度宇宙中处处相同；④由于时间无限，所以从整体上说，星体可无限期地存在。

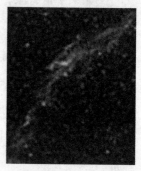

夜空为什么没被恒星照亮？

这四个假设，每一个都符合我们的传统观念，似乎没有什么不合理的地方，然而，把它们加到一起，却得到一个十分荒谬的结论：黑夜和白天一样亮！因为在无穷多个恒星的光照下，宇宙中任何一点将因此呈现无穷大的亮度，考虑到恒星间相互遮光后，这一亮度将变为一个黑夜和白天一样恒定的有限值。

奥尔伯斯悖论似乎印证了此前英国天文学家哈雷（1656—1742）的"强烈预感"："如果恒星的数量是无限的，那么它们的视天球的整个外观将被照亮。"事实上，以发现哈雷彗星闻名于世的哈雷，就是这个悖论的较早发现者。英国人托马斯·蒂杰斯则最早在1576年的著作中描述了这个悖论。

由此看来，这个宇宙无限论生出了一对悖论"双胞胎"。它们能"健康成长"吗？"且听下回分解"。

夜空为何这样黑
——400多年前的奥尔伯斯悖论

我们一定会嘲笑几百年前人们提出的一个似乎不成问题的"简单"问题——为什么夜晚的天空没有白天亮？因为答案似乎非常"简单"："夜晚太阳被地球遮挡了呗！"

那么，怎么解决夜黑佯谬呢？

奥尔伯斯首先给出了一个"可信的"解释：恒星之间的太空有宇宙尘埃组成的"黑云"——星际物质，它们部分吸收了来自遥远恒星的光。后来的研究证明，这个假设是正确的。

我们今天还知道，这些"黑云"不足以把来自遥远恒星的光，减少到这个假设所需要的程度；"黑云"在遮挡、吸收光线的同时，也会被光线加热产生辐射而发光。也就是说，奥尔伯斯的解释并不完善。

为什么夜空没有白天亮？

1901年，英国物理学家开尔文（1824—1907）认为，如果要夜空变得明亮，至少要能看到数百万亿光年远的范围，由于可观测宇宙的年龄远小于1万亿年，所以夜空是黑暗的。他给出了这个悖论的一方面的正确解释：宇宙还太年轻。宇宙的年龄在当时还无法测定，但是在2008年3月，科学家们算出宇宙的年龄只有（137.3亿±1.2亿）年。

1908年，瑞典天文学家沙利叶（1862—1934）提出了"等级式宇宙模型"即"沙利叶模型"。这个模型说，天体物质是围绕着"宇宙中心"逐级成团分布的，越远离中心物质的密度越小。如果这个模型成立，就能解决夜黑佯谬和后面要说的引力悖论，因为随着距离的增加，星体的数目就增加得不是那么快。实际上天体物质也不是这样分布的，所以沙利叶也没取得完全成功。

开尔文

1914 年，美国天文学家斯莱弗（1875—1969）发现光谱线红移现象。在威尔森山天文台（Mount Wilson Observatory）工作的美国天文学家哈勃（1889—1953），于1929 年通过观察揭示出宇宙正在不断膨胀，使得遥远星球发出的光变成了人类肉眼看不见的颜色。这一认识，标志着我们对宇宙物质的演化和时空结构的研究与认识达到更深的层次。

沙利叶

爱因斯坦认为宇宙有限，但又想设法绕过宇宙有限论的两个难题。他就根据他的广义相对论，应用"空间弯曲"和"宇宙无边"的两个假设，在 1917 年他的《根据广义相对论对宇宙学所做的考察》中提出了他的宇宙模型：宇宙是一个有限无边的自恰静态闭合"三维超球面"。它好像一个球面，虽然面积有限，但是沿着球面运动却总也遇不到边，宇宙中的天体就均匀地分布在弯曲的封闭体中。

哈勃

1948 年，人们提出了两种膨胀宇宙模型：由英国天文学家弗雷德·霍伊尔（1915—2001）等人创立的宇宙是无演化的稳恒态宇宙模型和出生在俄国的美国核物理学家、宇宙学家乔治·伽莫夫（1904—1968）等人创建的宇宙是有演化过程的大爆炸宇宙模型。在 20 世纪50 年代初，奥尔伯斯悖论被再度提起和被命名——出生在奥地利的英国宇宙学家、天文学家、数学家和物理学家赫尔曼·邦迪（1919—2005），用这样的方式表达对奥尔伯斯的纪念。一些天文学家用膨胀宇宙中遥远天体的红移接近无限大，所发出的光子到达地球时的能量已接近于零，来说明不会发生奥尔伯斯悖论。1955 年，稳恒态宇宙学创始人霍伊尔在《天文学的边沿》一书中写道："因为宇宙膨胀，所以夜晚是黑的。这是一个出乎意料的解释——以至于 19 世纪的天文学从来没有想到过。"

到了 1964 年，出生在伦敦，少年就对"夜空黑暗之谜"发生兴趣的马萨诸塞大学的美国天文学家、宇宙学家爱德华·罗伯特·（泰德）·哈里森（1919—2007）却认为，夜空黑暗与膨胀的宇宙之间的联系微不足道，且解释过于牵强。他通过计算"夜空被无数颗星星照亮需要多少能量"之后得出结论：若要照亮夜空，每颗恒星的

哈里森

发光度要上升 10 万亿倍，或者恒星数目要增加 10 万亿倍。他由此得到结论：宇宙拥有的能量太少。

出生在捷克的美国天文学家、天体物理学家马丁·哈威特（1931—   ），在他所著的《天体物理学概念》（*Astrophysical Concepts*）一书中则说，只要宇宙是有限的，运算的积分就不是无限大，就可以解决这个悖论。

研究表明，宇宙间所有的星体是不会同时发光的。虽然一个星球的寿命长达 10^{10} 年，但与宇宙达到热平衡所需的 10^{24} 年相比，简直不值一提。这就是说，星星的光太弱了，要求它在发光寿命有限的一生中用光芒填满整个宇宙，岂止是"勉为其难"，而是绝不可能。

为什么夜空是黑暗的？20 世纪后半叶对它的完整回答是：物质使时空弯曲，引力作用以光速传播，宇宙有限的年龄和目前处于膨胀阶段，以及恒星发光的寿命绝不是无限的，有限的宇宙还太年轻，它所

拥有的能量太少。

到了 20 世纪 80 年代，哈里森整理出大量与夜黑佯谬相关的资料，撰写了《夜间的昏暗》一书。在书中，哈里森曾非常惊异于一点，从牛顿、哈雷等天文学家以降，为什么从来没有人把夜黑佯谬的问题颠倒过来，把夜晚天空的黑暗，作为宇宙诞生于有限时间以前的理由。随着"宇宙有限"假说的提出，哈里森可能要为自己的假说添上新的一章：为什么此前没有人从夜黑佯谬中领悟到，宇宙也可能是有限的呢？

2016 年 10 月，发表在《天体物理学》杂志（*Astrophysical Journal*）的一个报告指出，英国诺丁汉大学的天体物理学家经过 15 年的研究，发现宇宙中的星系数量之大超出想象——至少有 2 万亿个，而不是先前预估的 0.1 亿个；而人类即使用最强大的望远镜也只能观测其中 10% 的星系，90% 是人类不可能看到的。于是，在诺丁汉大学工作过的美国天体物理学家克里斯托弗·康舍利斯（Christopher Conselice），在荷兰莱顿天文台工作时，带领着其他三位天文学家研究后，得到了夜黑佯谬的最新见解：气体和尘埃吸收了在宇宙中漂移的光，这一过程让天空变得更黑。

征服高手就能统治世界吗
——莫拉维克悖论

　　为什么"自动驾驶汽车"总是出安全事故？为什么美国最先进的无人机会被伊朗"诱骗"而"叛国投敌"？

　　在回答这两个问题之前，我们到 2017 年的中国浙江乌镇围棋峰会现场去看一看。

　　"赢了，赢了！3 比 0！"——"阿尔法狗"（AlphaGo 的音译，意译为阿尔法围棋）的主人欣喜若狂！

　　是的，这条具有新人工智能（Nouvelle Artificial Intelligence，简称 NAI）的"狗"，继在

"阿尔法围棋"

2016 年 3 月以 4 比 1 "咬死"围棋世界冠军——韩国李世石（1983—　）之后，2017 年 5 月又在乌镇让世界排名第一的中国棋手柯洁（1997—　）吃了 0 比 3 的"鸭蛋"。此时，围棋高手——"人类最后智力的骄傲"终于被轻松碾压，"狗"的主人能不"投入地狂一次"吗？

　　设计制造阿尔法狗的，是"谷歌"（Google）旗下位于伦敦的"深度头脑"（Deep Mind）公司的戴密斯·哈萨比斯（1976—　）与戴维·席尔瓦（David Silver）领导的团队，阿尔法狗的主要工作原理是"深度学习"。他俩都是在 2014 年被"谷歌"以 4 亿美元收购的 Deep Mind 公司（创建于 2010 年）的创始人。哈萨比斯是英国游戏开发者、神经学家、人工智能（AI）企业家，席尔瓦是英国 AI 科学家。

　　其实，被"狗咬死"的还有国际象棋高手。1997 年 5 月 3—10 日，

IBM 公司制造的改进型的"深蓝"（Deep Blue）
——有人称为"更深的蓝"，与俄罗斯的国际象
棋大师卡斯帕洛夫（1963—　）对弈，结果前者
获胜。在阿尔法狗得胜之后，两个问题就出来了。
第一个问题，连世界顶尖的"高智商"们都成了
NAI 的计算机的手下败将，那我们这些"智力平
平"的草根，岂不被碾压成齑粉？于是，"人工
智能威胁论"刷爆了各路媒体：或者说具有 NAI
的机器人必将代替人们的工作，进而统治世界；
或者把它们与核弹、"黑洞"等并列，成为未
来"毁灭人类文明的 N 个杀手"之一。真会
是这样吗？第二个问题，具有 NAI 的机器人在
与"高智商"们的围棋或者国际象棋比赛中获
胜，是否就意味着它们已经超过了人类的方方
面面？

计算机历史博物馆
中的"深蓝"

莫拉维克

　　显然，如果回答了第二个问题，第一个问
题就迎刃而解了；而回答第二个问题则要用到
"莫拉维克悖论"（Moravec's paradox）。

　　莫拉维克悖论，主要由三位科学家在 20 世纪
80 年代阐释。一位是出生在奥地利的计算机科学
家——兼职美国卡内基·梅隆大学机器人学院移
动机器人实验室主任的汉斯·彼得·莫拉维克
（1948—　），他是持加拿大国籍的美国永久居民。
第二位是澳大利亚科学院院士——机器人企业家、

布鲁克斯

推广运动机器人的罗德尼·艾伦·布鲁克斯（1954—　）。第三位是美
国认知科学家、AI 的创始人之一——麻省理工学院 AI 实验室的马文·
李·闵斯基（1927—2016）。

　　莫拉维克悖论的主要内容是：和传统观念不同，对于人类所独有

的高级智慧才表现出来的能力，AI 机器人只需要非常少的计算能力；但是，对于无意识的技能和直觉，AI 机器人却需要极大的运算能力。以下的实例，将给出莫拉维克悖论的"直观"的解释。

马文·李·闵斯基

对于逻辑、推理、数学演算这类需要高级智慧才能完成的事，人类认为是困难的，用 AI 机器人来完成，却只需要很少的计算能力，并不十分困难；而两三岁小孩就能轻而易举做到的诸如玩耍、跳跃、行走、奔跑、找到回家的路这类感知运动，对于 AI 机器人来说，却需要耗费巨大的计算资源。这正如莫拉维克在他的论著中所说："要让电脑像成人那样下棋，是相对容易的，但是要让电脑好像一岁小孩那样感知和具有行动能力，却是相当困难甚至是不可能的。"

出生在加拿大的美国语言学家、认知科学家、科普作家，也是主张进化心理学和心灵的计算理论的哈佛大学心理学系教授斯蒂芬·阿瑟·平克（1954— ）在《语言本能：探索人类语言进化的奥秘》（*The Language Instinct How the Mind Creates Language*，常简译为《语言本能》）一书中认

平克的一种《语言本能》的中文译本封面（右）

为，莫拉维克悖论是人工智能学者的最重要的发现。他在这本书中写道："经过 35 年 AI 的研究，发现最重要的课题是'困难的问题'容易解决，简单的问题反而难以解决。"

这样，前面提的第二个问题就有了答案：具有 NAI 的机器人在与"高智商"们的围棋或者国际象棋比赛中获胜，并不意味着它们已经超过了人类的方方面面。同时，第一个问题也迎刃而解：NAI 计算机不可能统治世界，也不可能毁灭人类。

对于莫拉维克悖论，我们还是用最有力的"事实说话"来证明。

第一个事实：包括 AI 机器人与 NAI 机器人在内的所有机器人的行走姿态，无一例外都是一瘸一颠的，不要说舒展流畅、协调优美，甚至不如一岁小孩的"蹒跚学步"，只能说是在"邯郸学步"。

第二个事实：具有 NAI 的阿尔法狗能战胜顶尖围棋高手，但它却无法移动围棋棋盘上的哪怕是一枚小小的棋子。

第三个事实：号称"全能"的"自动驾驶汽车"，也会"出事"。

第四个事实：2011 年 12 月，伊朗"活捉"了当时世界上最先进的无人机——美国的一架 RQ - 170 型隐形无人机。

第五个事实：当今世界各国的无数机器人，可以完成许多某一个人不能完成或者难以完成的任务，但在经过一个连三岁小孩都能跨过的障碍物时，却跌倒在地。

…………

这些事实，无一例外地表明了机器人或者计算机在行为能力方面的两个弱点，证明了莫拉维克悖论的正确性。哪两个弱点呢？

第一个弱点是，不可能输入"所有"的程序，因为这些程序是人按已知的规律编制的；第二个弱点与第一个弱点相关：没有足够的"经验"，不可能总是做出准确的判断，之后就没有正确的行动，这是因为计算机的主要功能是信息处理，不可能具备信息处理之外的、分为许多层次的思维（特别是社会性思维）、意识和感情等活动。以下剖析两个实例来说明。

第一个实例。虽然"深蓝"输入了 100 多年来优秀棋手的 200 多万个对局，但不可能输入"所有"对局的程序。这样，当它遇到没有存储的棋局时，就"哑火"了——它具有的每秒钟计算 2 亿步棋的能力也无济于事。这就有力地证明了机器人或者计算机的上述两个弱点。

对于"阿尔法狗"也是如此，虽然它比"深蓝"先进得多——具备由"策略网络"（Policy Network）、"快速走子"（Fast rollout，速度要比策略网络还要快 1000 倍）、"价值网络"（Value Network）与"蒙特卡洛树搜索"（Monte Carlo Tree Search）形成的完整系统，比"深蓝"的计算力提高了 3 万倍。

第二个实例。上述美国无人机被伊朗"活捉"的原因，是它自身存在最致命的弱点，从而失去了美国的控制，被伊朗"诱捕"。这也明确无误地证明了上述两个弱点。

第二个实例很有点像刚毕业的"经验不足"的大学生，很容易被"经验丰富"的骗子"成功"拐骗。这个实例说明，"经验"（对于机器人或者计算机来说，是"程序"）对"现场"的判断，以及紧接着的"行动"是多么重要！对于机器人或者计算机来说，对"经验""现场"的判断，就是它致命的弱点，于是错误的"行动"就成了必然。

这里，要举例说明"现场"的复杂性。当"自动驾驶汽车"前面有一个障碍物时，就要面对极其复杂的"现场"：障碍物的几何尺寸、总表面积、不同的形状、表面的一种或多种颜色、表面的一种或多种材料的材质和粗糙程度、照射在表面的光线的颜色与强弱……

面对这样极其复杂的"现场"，对于"有经验"的成年人来说，判断是跨过或者绕开障碍物，就是"不是问题的问题"，但对于"没有经验"的"自动驾驶汽车"来说，就是"是大问题的问题"！

综上所述，莫拉维克悖论告诉我们，先进的机器人和计算机是逻辑、运算的"巨人"，但它的虚拟现实（VR）不足以应对真实的"现场"，必然是运动行为能力的"矮子"。那么，研究这个悖论有什么意义呢？

在前面的故事中，我们说哥德尔不完备性定理是 AI 和思维的怪圈。莫拉维克悖论再次证明了这一定理的正确性——莫拉维克悖论在理论上的意义之一。

莫拉维克悖论在实践上的意义是，指导包括未来的机器人和计算机的研究。"AI"一词和概念，始于 20 世纪 60 年代，其灵感则来自人类使用神经系统和身体器官来进行感知、学习、推理和行动，并从中获取知识。感知、计算、认知、行动是 AI 的基本范畴。如何模仿人类的感知、学习、推理和行动，就成了 AI 机器人或 NAI 机器人研制者们的研究课题与方向。当他们解决了"困难的问题"而"容易的问题"却成了"大麻烦"之时，莫拉维克悖论指明了 AI 研究的新方向：不能一味模仿人类的认识、学习与推理能力，而应从模仿人类对真实世界的感知和反应能力的角度来研发机器人。

国际消费类电子产品展览会（International Consumer Electronics Show，简称 CES），由简称 CTA 的美国电子消费品制造商协会主办。2018 年 1 月 9—12 日，在美国拉斯维加斯举行的第 51 届 CES 上，全球知名的自动化控制及电子设备制造厂商——创办于 1933 年 5 月 10 日的日本欧姆龙（集团）公司（OMRON Corporation），展示了一台 2016 年被吉尼斯世界纪录认定为"全球首台乒乓球教练机器人"的 AI 乒乓球机器人——Forpheus。那么，Forpheus 能继续"深蓝"和阿尔法狗的传奇，让世界乒坛高手们臣服吗？我们拭目以待。

"宇宙末日"会到来吗
——不可轻信的"热寂说"

1852 年，英国物理学家开尔文发表了题为《自然界中机械能耗散的一般趋势》的论文，预测了物质世界的总趋势：宇宙中一切有用的能量，都将转化为无用的低温热量，高温的热量都将转化为低温的热量，最后会达到均匀的热平衡状态，这时，宇宙就死亡了。"在以后一段时间，地球一定不适于人类像现在这样居住……"

1865 年，德国物理学家克劳修斯（1822—1888）在论文《热的动力理论的基本方程的几种方便形式》中，用不同的简练语言表达了和开尔文类似的观点："①宇宙的能量是常量；②宇宙的熵会趋于一个极大值。"

1867 年，克劳修斯又进一步指出："宇宙越接近于熵为一个极大值的极限状态，它继续发生变化的机会也越减少，如果最后完全到达了这个

克劳修斯

状态，也就不会再出现进一步的变化，宇宙将处于永远的死寂状态。"

他们的观点表明，热力学第二定律决定着宇宙的熵会不可逆转地增大，最终达到极大的无序状态。熵的极大值达到的那一天，世界的有效能量将是 0，所有的运动都将停止，所有的物质都是同一个很低的温度。这种终极状态会在有限的时间内达到。物理学家们把这种令人沮丧的前景称作"热死"或"热寂"。这就是 100 多年来人们一直在谈论的"宇宙热寂说"或"宇宙末日说"。

曾培养出五位诺贝尔奖得主的美国物理化学家吉尔伯特·牛顿·路易斯（1875—1946），在1926年出版的《科学的剖析学》（*The Anatomy of Science*）一书第142页上，描绘这种宇宙似乎注定要继续衰败下去的观点时说："宇宙走向老年和最终死寂的这种图景，在许多人看来似乎是悲观的图景。"

路易斯

然而，宇宙经过了亿万年，大自然依旧生机勃勃，人们至今没有看到一点死寂的迹象：江河奔流"涛声依旧"，百花齐放岁岁年年；天体照样运转，星体依然"爆炸"……

这样，"热寂说悖论"或"热力学悖论"就出现了。

那么，怎么来解决这个悖论呢？或者说开尔文和克劳修斯的错误在哪里呢？

这时，宗教的唯心观点上阵了。他们说，至今却没有一点死寂的迹象，是由于"奇迹上足了'发条'"；并不永恒的宇宙一定是在某个时候被上帝创造出来的，到时候必然死亡。

与此同时，像奥地利物理学家玻耳兹曼（1844—1906）这样的一些唯物主义科学家，则从统计的观点出发，认为热平衡只是概率最大的状态，由于统计规律的特征，必然有离开平衡的偏差，起伏很大的可能性也是存在的。即使整个宇宙几乎达到热平衡的时候，局部也依旧会"此起彼伏"。虽然这局部起伏对整个宇宙可能微不足道，但对小小的地球来说，却"命运攸关"，因而"宇宙热寂"是不可能的。

当然，由于历史的局限，这种曾起到进步作用的观点，带有形而上学和机械唯物的色彩，不能给热寂说以致命的打击。

恩格斯也在一系列著作中深刻地批判了热寂说。他指出，"热寂"意味着能量在数量上守恒，但在质的方面消失了，达到热寂时，能量不能再有质的转换，不能由一种形式转变为另一种形式，这是直接违反能量守恒及转换原理的。恩格斯认为宇宙是永恒的，它按照自己的固有规律向前发展，在它永恒的发展中不再重复过去，而是螺旋式地前进的。

克劳修斯等人的错误，还在于把整个宇宙当作热学所讨论的一个孤立系统。热力学的定律建筑在有限时空所观察到的现象上，没有推广到整个宇宙的充足理由。热力学讨论的孤立系统，不可能完全没有外界的影响，它只是一个理想模型，忽略了比较小的影响而已，但没有理由把它绝对化；更不应当把一个小范围的、有外界影响的系统所总结得到的规律，推广到无所不包、没有外界影响的宇宙中去。这两种情况，不只有很大的量的差别，在质的方面也根本不同，任意引申是毫无根据的。

在玻耳兹曼之后很长的时间里，解决热力学悖论都没有突破性进展。直到近年来自天体物理学的新研究发现，才有了新观点：宇宙中除了物质和能量的"逃逸"过程，还有引力作用下物质和能量的"集中"过程；"黑洞"就是这种引力"战胜"一切"排斥因素"的产物；结合量子力学的考虑，被"黑洞"吸进的物质和能量，还能被重新发射出来。因此，没有理由认为，宇宙会沿着某个单一过程走向永恒的热寂。

不过，关于"宇宙热寂"或"宇宙末日"的讨论，至今并没有定论，因为与此有关的宇宙膨胀、宇宙起源等问题还没有解决。